新・浪人若さま
新見左近【十一】

不吉な茶釜

佐々木裕一

双葉文庫

目次

主な登場人物

新見左近《にいみさこん》——浪人新見左近を名乗り市中に出るが、その正体は甲府《こうふ》藩主徳川綱豊《とくがわつなとよ》。たびたび市中に繰り出しては、秘剣葵一刀流《あおいいっとうりゅう》でさまざまな悪を成敗しつつ、自由な日々を送っていた。五代将軍綱吉《つなよし》たっての願いで仮の世継ぎとして西ノ丸《にしのまる》に入ってからは平穏な日々を過ごしていたが、京にいるはずのお琴《こと》の身に危難が訪れたことを知り、ふたたび市中へくだる。晴れて西ノ丸から解放され、桜田《さくらだ》の甲府藩邸に戻る。

お峰《みね》——実家の旗本三島《みしま》家が絶《た》えたため、母方の伯父《おじ》である岩城雪斎《いわきせっさい》の養女となっていた、左近の亡き許嫁《いいなずけ》。妹のお琴の行く末を左近に託す。

お琴《こと》——お峰の妹で、左近の想い人。小間物問屋、中屋《なかや》の京の出店をまかされ江戸を離れていたが、店を焼かれたため江戸に逃れ身を潜《ひそ》めていた。貴船屋《きぶねや》の事件解決後、左近と無事再会を果たし、三島町《みしまちょう》で小間物屋の三島屋《みしまや》を再開している。

権八《ごんぱち》——およねの亭主で、腕のいい大工。女房のおよねともども、お琴について京に行っていた。江戸に戻ってからは大工の棟梁《とうりょう》となり、三島屋裏の鉄瓶長屋《てつびんながや》で暮らしている。

およね——権八の女房で三島屋で働いている。よき理解者として、お琴を支えている。

吉田小五郎《よしだこごろう》——甲州《こうしゅう》忍者を束《たば》ねる頭目《とうもく》で、左近の警固《けいご》役。幼《おさな》い頃から左近に仕《つか》え、全幅《ぜんぷく》の信頼を寄せられている。三島町で再開した三島屋の隣で煮売り屋をふたたびはじめ、配下のかえでと共にお琴の身を警固する。

かえで——小五郎配下の甲州忍者。小五郎と共に左近を助け、煮売り屋では小五郎の女房だと称している。

岩城泰徳《いわきやすのり》——お峰とお琴の義理の兄で、本《ほん》所石原町《じょいしわらちょう》にある甲斐無限流《かいむげんりゅう》岩城道場の当主。父雪斎が左近の養父新見正信《にいみまさのぶ》と剣友で、左近とは幼い頃からの親友。妻のお滝《たき》には頭が上がらぬ恐妻家だが、念願の子を授かり、雪松《ゆきまつ》と名づけた。

間部詮房《まなべあきふさ》——左近の養父で甲府藩家老の新見正信が、左近の右腕とするべく見出《みいだ》した俊英《しゅんえい》。左近が絶大な信頼を寄せる、側近中の側近。

雨《あめ》宮《みや》真《しん》之《の》丞《じょう》――お家再興を願い、左近の命を狙うも失敗。境遇を哀《あわ》れんだ左近により甲府藩に召し抱えられ、以降は左近に忠実な家臣となる。

岩《いわ》倉《くら》具《とも》家《いえ》――京の公家の養子となるも、密《ひそ》かに徳川家光《いえみつ》の血を引いており、将軍になる野望を持っていたが、左近の人物を見込み交誼《こうぎ》を結ぶ。鬼法眼《きほうがん》流《りゅう》の遣《つか》い手《て》で、京でお琴たちを守っていたが、修行の旅を経《へ》て江戸に戻ってきた。市田実清《いちださねきよ》の娘光代《みつよ》を娶《めと》る。

西《にし》川《かわ》東《とう》洋《よう》――上《うえ》野《の》北大門町《きただいもんちょう》に診療所を開く、甲府藩の御殿医《ごてんい》。一時、診療所を弟子の木田正才《きだしょうさい》と女中のおたえにまかせ、七軒町《しちけんちょう》に越していたが、ふたたび北大門町に戻り、三人で暮らしている。

篠《しの》田《だ》山《やま》城《しろの》守《かみ》政《まさ》頼《より》――左近が西ノ丸に入る際に、綱吉が監視役として送り込んだ附家老《つけがろう》。通称は又兵衛《またべえ》。元は直参《じきさん》旗本で、左近のもとに来るまでは、五年にわたって大目付《おおめつけ》の任に就《つ》いていた。

三《み》宅《やけ》兵《ひょう》伍《ご》――左近が西ノ丸に入ってから又兵衛によってつけられた、近侍《きんじ》四人衆の一人。左近と同年配の、真面目で謹直《きんちょく》な男。

早《さ》乙《おと》女《め》一《いち》蔵《ぞう》――左近の近侍四人衆の一人。穏やかな気性だが、念流《ねんりゅう》の優《すぐ》れた技を遣う。

砂《すな》川《がわ》穂《ほ》積《づみ》――左近の近侍四人衆の一人。四人の中では最年少だが、気が利く人物で、密偵としての才に恵まれ、深明流《しんめいりゅう》小太刀術《こだちじゅつ》の達人でもある。

望《もち》月《づき》夢《ゆめ》路《じ》――左近の近侍四人衆の一人。地獄耳の持ち主。左近を敬《うやま》い、忠誠を誓っている。

新《あら》井《い》白《はく》石《せき》――左近を名君に仕立て上げるべく、又兵衛が招聘《しょうへい》を強くすすめた儒学者《じゅがくしゃ》。本所で私塾を開いており、左近も通っている。

徳《とく》川《がわ》綱《つな》吉《よし》――徳川幕府第五代将軍。四代将軍家綱《いえつな》の弟で、甥《おい》の綱豊（左近）との後継争いの末、将軍の座に収まる。だが、自身も世継ぎに恵まれず、その座をめぐり、娘の鶴姫《つるひめ》に暗殺の魔の手が伸びることを恐れ、綱豊に、世間を欺《あざむ》く仮の世継ぎとして、西ノ丸に入ることを命じた。

柳《やなぎ》沢《さわ》保《やす》明《あき》――綱吉の側近。大変な切れ者で、綱吉の覚えめでたく、老中上座に任ぜられ、権勢を誇《ほこ》っている。

徳《とく》川《がわ》家《いえ》宣《のぶ》

江戸幕府第六代将軍
寛文《かんぶん》二年（一六六二）～正徳《しょうとく》二年（一七一二）

寛文二年（一六六二）四月、四代将軍徳川家綱《いえつな》の弟で、甲府《こうふ》藩主徳川綱重《つなしげ》の子として生まれる。綱重が正室を娶《めと》る前の誕生であったため、家臣新見正信《にいみまさのぶ》のもとで育てられる。

寛文十年（一六七〇）、九歳のときに認知され、綱重の嗣子《しし》となり、元服後、綱豊《つなとよ》と名乗る。延《えん》宝《ぽう》六年（一六七八）の父綱重の逝去《せいきょ》を受け、十七歳で甲府藩主となる。将軍家綱が亡くなった際には、世継ぎとして候補に名があがったが、将軍の座には、叔父《おじ》の綱吉《つなよし》が就《つ》いた。

五代将軍綱吉も、嫡男《ちゃくなん》の早世《そうせい》や、長女鶴姫《つるひめ》の婿《むこ》である紀州《きしゅう》藩主徳川綱教《つなのり》の死去等で世継ぎに恵まれなかったため、宝永《ほうえい》元年（一七〇四）、綱豊が四十三歳のときに養嗣子となり、江戸城西ノ丸《にしのまる》に入り、名も家宣と改める。宝永六年（一七〇九）の綱吉の逝去にともない、四十八歳で第六代将軍に就任する。

将軍就任後は、生類憐《しょうるいあわれ》みの令をはじめとした、前政権で不評だった政策を次々と撤廃《てっぱい》。間部詮《まなべあき》房《ふさ》を側用人《そばようにん》として重用し、新井白石《あらいはくせき》の案を採用するなど、困窮《こんきゅう》にあえぐ庶民のため、政治の刷新をはかり、万民に歓迎される。正徳二年（一七一二）、五十一歳で亡くなったため、治世《ちせい》は三年あまりとごく短いものであったが、徳川将軍十五代の中でも一、二を争う名君であったと評されている。

新・浪人若さま　新見左近【十一】

不吉な茶釜《ちやがま》

第一話　性悪女

一

「あんなに広くて美しいお庭は、初めて見ました」

「これ、あんなに、ではのうて、あのように、と申しなさい」

甲府《こうふ》藩邸の奥御殿に入ったばかりのおこんに指導するのは、皐月《さつき》だ。

この者は、間部《まなべ》詮房《あきふさ》の遠縁であり、おこんが左近《さこん》のそばに仕《つか》えるにあたり、白羽の矢が立った。齢《よわい》四十四とは思えぬ肌をしており、凛《りん》とした美しさが、皐月の場合はいかにも厳しそうに見える。

慌《あわ》てて言いなおすおこんを見据《みす》える目は、少しの油断も許さぬ眼差し。

「何度言わせるのです。しゃべる時に手をもぞもぞ動かさない。これ、背筋！」

また叱《しか》られたおこんは、慌てて背筋を伸ばした。

立って後ろに回った皐月は、正座するおこんの姿を厳しく検《あらた》め、うなじに垂れている一本の髪の毛に片眉《かたまゆ》を上げると、細い指に絡ませるや否《いな》や、引き抜いた。

「痛い」

驚いて振り向くおこんに、真顔で髪の毛を見せる。

「その顔は、何も抜かなくても、と言いたそうですね」

「いえ」

「身だしなみは大事です。だらしのない髪は許しませぬ」

きつく言いつけられたおこんは、身を縮めた。

皐月は次に、空の湯呑《ゆの》みを載せた茶台をおこんの前に置いた。

「わたくしを殿と思って、お茶を出してみなさい」

おこんは応じて、廊下から持ってくるところからはじめた。

厳しい母親から何度も教えられているだけに、おこんは自信があった。言葉遣《づか》いはつい失敗したが、診療所を訪ねてくる客に茶を出していたため、叱られはしないはず。

母親の言葉を思い出しながら、教えられたとおりに茶台を皐月の前に置いた。

やや顎《あご》を上げ気味に、厳しい眼差しだけを向けていた皐月が、帯から閉じた扇《せん》子《す》を抜くなり、茶台を置いたばかりのおこんの手を打った。

「仕草がなっておりませぬ。よいですか、茶台から手を離す時は、ゆっくりと引きなさい。さっと引くのは、もてなしの気持ちが相手に伝わらず、不快に思われます」

三島屋《みしまや》では、およねが湯呑みや器《うつわ》を荒々しく置いても、左近はいやな顔ひとつしていなかった。

豪快に笑うおよねの、くしゃくしゃの顔が頭に浮かんでしまったおこんは、厳しい皐月が目の前にいるというのに、おかしくて吹き出しそうになった。

必死に笑いをこらえながら、頭を下げる。

「もう一度お願いします」

「声が笑っていますね」

はっとして顔を上げると、皐月が疑いの目を向けていた。

「ここは、三島屋ではありませんよ」

見抜かれていることに驚き、おこんはつい顔を背《そむ》けながらつぶやいた。

「怖い」

「聞こえていますよ」

「申しわけございません」

「わたくしの目を見なさい」

言われるまま目を合わせると、皐月は厳しく告げる。

「そなたは今日より殿にお仕えするというのに、町方気分がまだ残っているようですね」

返す言葉もないおこんは、目を合わせていられなくなってうつむく。この時、皐月の口元がゆるんだように見えた。

「まあ、それがそなたのよいところといえば、そうなのでしょう」

意外な言葉に顔を上げると、皐月は微笑《ほほえ》んだ。これまで鬼だと思っていたが、急に菩薩《ぼさつ》のように見えて目を丸くすると、皐月はすぐ真顔に戻った。

「と、言うとでも思いましたか」

「いえ……」

「よいですか。そなたが町方の色を出せば、殿が市中にお出になりたい虫が騒ぐやもしれぬのです。殿が不浄《ふじょう》な悪人を退治されて、その都度危ない目に遭《あ》われるのを止めたいと申したのは、そなたです。口に出したからには、態度で示さなければなりませぬ。さあもう一度、初めからやりなおし」

「はい」

おこんは唇《くちびる》を引き締め、奥御殿女中として一人前になるよう稽古《けいこ》に励《はげ》んだ。

庭の植木の陰から様子を見ている者がいるのに気づいた皐月が、きりりと目を向ける。

目が合ったのは、晴れて左近の附家老《つけがろう》を続けることが決まった篠田山城守政頼《しのだやましろのかみまさより》だ。

「又兵衛《またべえ》、いかがした」

奥の左近から声をかけられた又兵衛は、皐月と笑みを交《か》わして、植木から離れた。

「殿、おこんはよう励んでおるようですぞ」

またのぞき見をしていたのかと呆《あき》れた左近は、庭を戻る又兵衛の嬉しそうな顔から目をそらし、前を向いて廊下を歩んだ。藩の重臣たちと朝の打ち合わせをすませ、奥御殿で遅い朝餉《あさげ》をとるため、自室に戻った。

あとから入った又兵衛が、共に食事をとるべく下座に正座する。

小姓《こしょう》たちが膳《ぜん》を持って現れ、左近の前に二つ並べた。

甲府の村が、先日の強風と豪雨の被害に遭ったという知らせが届いたのは、朝方だった。

被害は深刻で、藁葺《わらぶ》きの屋根を飛ばされた百姓家は百を超え、全壊した家も少なくない。不幸中の幸いだったのは、人的被害がなかったのと、田の稲《いね》は刈り入れ間近のため、倒れはしたものの、実《みの》りに大きな影響がなかったことだ。

左近はただちに藩の重臣たちを集め、村を救済する手立てを議論していたのだ。

又兵衛が朝餉をとりながら、一息ついた。

「西ノ丸《にしのまる》におる時から思うておりましたが、間部殿は、実に優《すぐ》れておりますな。殿はまこと、よい家臣を持っておられます」

又兵衛が言うとおり、村を救済するにあたり、間部は的確な意見を出した。年上の重臣たちも間部を認めており、互いに遠慮することなく意見を交わしたため、議論は早く終わったのだ。

左近は茶碗の飯を見つめながら言う。

「間部にまかせておけば、村の者たちは年内には、元の暮らしに戻られよう」

「まことに」

又兵衛が話題を変える。

「今日はお琴《こと》様のところへ行かれるご予定でしたが、いかがなされますか」

「村のことがあるゆえ、明日にいたそう」

「では、小五郎《こごろう》殿に使者を出します」

「その役目、おこんにさせてやってくれ」

又兵衛は困惑した顔を向けた。

「殿、お言葉ですが、おこんは屋敷に入ってまだ十日ほどです。皐月殿は、町方の垢《あか》を落とすと張り切っておりますから、許さぬと思いますぞ」

「余《よ》の命だと伝えれば……」

口にしながら、左近は閃《ひらめ》いた。

「いや、やはりよい。村に向ける大工の件で、権八《ごんぱち》に話を聞いてみとうなったゆえ、出てまいる。供の者は、おこんにいたそう」

「そうきましたか」

又兵衛は怒るどころか、一本取られた、という顔で笑った。

「いやはや、説得には骨が折れましたぞ」

戻った又兵衛に、左近は苦笑いで応じた。

「疲れておるな。皐月はそんなに渋ったか」

「いいえ、渋ったのはおこんのほうです」

意外な答えに、左近は又兵衛に驚いた顔を向けた。

「三島屋に行けるのにか」

すると又兵衛は、膝《ひざ》を進めながら言う。

「殿が外を歩かれると、何かしら事件に首を突っ込まれるから、使いはわたしに行かせてください、と。権八殿には、屋敷に来てもらえばよろしいとまで申しますもので」

「で、どうやって説得したのだ」

「皐月殿もおこんに味方して押し切られそうになりましたが、殿のご上意《じょうい》である！　と……」

左近は顔をしかめた。

「上から命じたのか」

「言いたいところでしたが、おこん、そなたが目を光らせておればよいではないか、とこう申しましたところ、納得しました。ですから殿、くれぐれも、厄介《やっかい》なことに首を突っ込まれませぬように」

ほんとうにおこんがそう言ったのか、疑わしくなった左近は、又兵衛の目を見た。

ひとつ咳《せき》をするところを見ると怪《あや》しい。

ともあれ、久々にお琴の顔を見られるのだ。左近は応じて、藤色の着物に袖《そで》を通した。

玄関から出ると、外で待っていたおこんが深々と頭を下げた。上げた顔に笑みはなく、緊張が伝わってくる。着物は侍女《じじょ》とわかる物ではなく、町で暮らしていた時と変わらぬ雰囲気だ。

おこんはちらりと、あたりを気にした。ここに皐月はいないが、どこかから見られていやしないか心配している様子だ。

「行こうか」

左近の声に笑みで応じたおこんは、後ろに一歩離れて続く。

桜田《さくらだ》屋敷の潜《くぐ》り門《もん》から小路《こうじ》へ出た左近は、しばらく歩いたところで振り向いた。

足を止めたおこんは、目を合わせようとしない。

屋敷で出会って以来、久しぶりに顔を見る左近を目の前に、緊張しているようだ。

「おこん」

「はい」

「黙っていて悪かった。まさかそなたが屋敷に来るとは、思ってもいなかったのだ」

「おかみさんは、ご存じなのですか」

「うむ。およね夫婦も知っている。それと、煮売り屋の二人は夫婦ではなく、おれの家来だ」

「ええっ」

思わず出た声に、おこんは慌てて口を塞《ふさ》いだ。

「あのお二人が……」

小五郎とかえでの正体に驚き、納得したようにうなずく。

「悪人退治の手伝いじゃなくて、殿がお命じになられていたのですね」

「外でその呼び方はよせ」

「いけない」

また口を塞いだおこんに、左近は笑って告げる。

「小五郎とかえでには、初めはお琴を守らせるつもりで店を出させたのだが、今では、町になくてはならぬ存在になっている。二人も、屋敷におるより、客を相手にしているほうが楽しいようだ」

「お武家様なのにですか」

「知ってのとおり、おれは命を狙われることがあるゆえ、小五郎とかえでは、お琴を巻き込んではならぬという思いが強いのだ」

おこんは一歩近づいた。

「二度と命を狙われないよう、まっすぐおかみさんの店に行って帰りましょう。さ、急ぎますよ」

先ほどまでのしおらしさから一変したおこんは、遠慮なく左近の腕を引いて足を速めた。

「おい、そう急ぐな」

「いいえ、左近様は道を歩けば何かに当たると篠田様がおっしゃっていましたから、油断できませぬ。あ、こちらです」

急に辻《つじ》を右に曲がるおこんは、前から歩いてきていた浪人風の男を警戒したのだ。

曲がる時にその者を見ていた左近は、暗い目をしていたのが気になった。辻を見つつ歩いていると、通りかかった浪人風はこちらに顔を向け、立ち止まった。

左近がおこんを止めて見ていると、すぐ横を走る下駄《げた》の音がした。目を向ければ、武家の女だ。女が辻に近づくと、立ち止まっていた浪人風の男が白い歯を見せ、表情が強面《こわもて》から一変した。笑った顔は、人のよさそうな若者だ。

左近の前に立ったおこんが、楽しそうに去ってゆく二人を見て、腰に両手を当てて吐息を漏らす。

「なぁんだ。心配して損しちゃった」

左近が声を出して笑うと、振り向いたおこんが、疑いの目を向ける。

「左近様、人を気にしすぎではありませんか」

言葉をそのまま返したいところだが、左近は前を向いた。

「先を急ごうか」

はいと応じて続いたおこんは、遊び人風の男を見れば左近の行動を心配し、立ち止まればどうしたのかと訊《き》いてくる。

お琴を心配させないためにも、悪人を相手にしないでほしいと言い続けるおこんに、左近は困惑しつつも、

「何ごともなくてよかったですね」

三島屋の近くまで来た時、そう言って安心するおこんを見て、気苦労をさせて

しまったことを申しわけなく思った。

おこんのこころには、左近が毒の一矢《いっし》にやられて倒れた姿が、昨日のことのように残っているに違いないのだ。

「心配させてすまなかった」

おこんは驚いて振り向き、慌てて頭を下げた。

「ごめんなさい。わたしったら、つい忘れてしまって……」

身分のことを言っているのだろう。

左近は頭を上げさせた。

「おこん、そのように気を使うな。今までどおりでいてくれ。せっかく来たのだ、お琴に会いに行け」

おこんは嬉しそうな顔で応じ、三島屋に駆け込んだ。

おかみさん、と元気な声に微笑んだ左近は、煮売り屋の前にいた小五郎に小さくうなずき、いつものように裏から入った。

静かに座敷に上がり、畳に仰向《あおむ》けになった。

久しぶりのお琴の家は、やはり落ち着く。店に客は多そうだったが、今日はおとなしい者ばかりなのか、声は聞こえてこない。庭の花はすっかり秋めいており、りんどうの青が鮮《あざ》やかだ。

畳を踏む音が店から近づき、襖《ふすま》が開けられた。起きて座った左近は、お琴に微笑む。

「今日の着物は、色がよいな」

りんどうに似た青が基調の小袖《こそで》は、秋草が染め抜かれており、渋い色合いの帯が全体を引き締めている。

嬉しそうに応じたお琴が左近のそばに座ると、およねが顔を出し、左近の前に茶菓《さか》を置きながら店のほうを気にした。

「おこんちゃん、遠慮しないでおいでなさいな。せっかくお屋敷から出られたんだから、お客さんが来ないうちに、一緒においしいおまんじゅうをいただきましょう」

およねは四人分の湯呑みとまんじゅうの皿を並べながら、左近に笑顔で言う。

「左近様、おこんちゃんもちょうど来ていたのですよ。どこのお武家にご奉公に上がっているのか気になるでしょう。おこんちゃん、早く」

忙しそうに言うおよねに応じて、おこんが来た。ちらと左近を見て、微妙な笑みを浮かべる。客がいたせいで、まだ言っていないのだ。

「ここにお座りなさい」

およねが隣に誘い、正座するおこんを見て感心した。

「あらおしとやか。ちょっと見ないあいだに、今までよりお行儀がよくなったんじゃないの」

「およねさん、からかわないでください」

恥ずかしがるおこんに、およねが言う。

「からかってなんかないわよ。ねえおかみさん、おかみさんもそう思いません？

仕草がゆったりしていて、人が違ったみたい」

お琴は賛同し、おこんに訊く。

「奥向きの方に、厳しく教えられたの？」

「まあ、少し」

「そう。辛《つら》くない？」

おこんはちらと左近を見て、笑顔で首を横に振った。

「皐月は、厳しいからな」

左近が言うと、お琴とおよねが揃《そろ》って不思議そうな顔を向けてきた。

およねが問う。

「おこんちゃんが奉公に上がったのは、左近様のお知り合いのお武家なのですか」

「うむ。おれのところだ」

「へえ、そうですか」

答えたおよねが、大きな口を開けた。

「なんですって！」

左近は笑った。

「おれも最初は驚いた。おこんもな。又兵衛から聞いたのだが、おこんをおれのところに来させたのは、上様だ。お琴とも親しくしていると知られた上様が、安心してそばに置けるとおっしゃり、手を回されたらしい」

綱吉《つなよし》の本心を知る由《よし》もない左近がそう言うと、お琴は微笑んで応じ、おこんに顔を向けた。

「よかったじゃないの」

おこんは身を乗り出して応じる。

「お仕えするあいだは、おかみさんが心配されないように、わたしが目を光らせて、左近様に悪人退治をやめていただきますね」

張り切って言うものだから、お琴は驚き、左近を見た。

左近は笑って言う。

「まるで目付《めつけ》だ。おれが出歩けば厄介ごとに巻き込まれると思うており、ここに来るあいだ中、目を光らせていた。又兵衛よりも耳が痛いことを言う」

「まあ」

お琴が笑い、おこんを見る横顔には、安堵《あんど》の色が浮かんでいる。

左近の目にはそう映《うつ》り、お琴に告げた。

「心配はいらぬ。西ノ丸を出たゆえ、命を狙われることはない」

お琴は明るい顔で応じ、およねが問う。

「今日は、泊まっていかれますね」

「権八に話があるゆえ、そのつもりだ」

「うちの人に？」

「うむ。甲府の領地で大工の人手がいるようになったゆえ、相談したいのだ」

「うちの人も寂しがっていましたから、喜びます。おいしいお料理を作らなきゃ。おこんちゃんはどうするの？　お目付役だからここに泊まる？」

おこんは慌てた。

「およねさん、お目付役じゃありませんから」

「あはは。だって左近様がそう言うんだもの。おこんちゃんなら、ぴったりのお役目よ。ねえおかみさん」

「ええ、そうね」

「もう、おかみさんまで。左近様が変なこと言うからですよ」

すっかり元の明るさに戻ったおこんに、左近は安堵して笑った。

「おこん、せっかく屋敷を出たのだ。両親に甘えるがいい。明日、帰りに迎えに行く」

左近の提案に、おこんは目を輝かせた。

「いいんですか」

「屋敷に戻れば、皐月から厳しくされるのだ。遠慮はいらぬ」

喜ぶおこんの横で、およねがじっとりとした目を左近に向けてきた。

「誰です？　こんなにいい子に厳しくするのは」

おこんが慌てた。

「およねさん、違うの。皐月様は確かに厳しいけど、わたしを一人前にしようとされている気持ちが伝わるから、意地悪じゃないんです」

「ほんとうに？　年寄りが若い娘に嫉妬《しっと》しているんじゃないの？」

「違います」

「そう、だったらいいけど。おこんちゃんが短いあいだに仕草が変わったから、いじめられたかと思って心配したわよ」

安心したおよねは、店に戻っていった。

左近はお琴と顔を見合わせた。

「およねは、よほどおこんが可愛いようだな」

「ええ。ご奉公に上がったと聞いた時から、元気にしているのだろうか、いじめられてやしないかって、毎日心配していましたから。口ではあのように言っていますけど、左近様のおそばに仕えると聞いて、ほっとしていると思います。わたしも同じで、ほんとうに安心しました」

「おかみさん」

よほど嬉しかったらしく、おこんはお琴に抱きついて甘えた。

二

夕方になり、左近は仕事から戻った権八を部屋に呼んだ。

「左近の旦那、難しい顔をされて、どうしなすったので」

座るなり問う権八に、左近は甲府の村を襲った災《わざわ》いの話を聞かせ、大工の人手が欲しいのだと伝えた。

するとと権八は、渋い顔をした。

「他ならぬ左近の旦那の頼みだ。おれがいの一番に行きます、と言いたいところですがね、お旗本の急ぎの仕事を抱えておりやして、それが終わるまではどうにも。他の者でよければ話をしますが、家は、何軒ですか」

「建て替えは五十三軒ある」

権八は大工の棟梁《とうりょう》としての面構《つらがま》えで応じる。

「となると、年内にすべて建てるのは難しいですね」

「とりあえず雨風を凌《しの》げる長屋を建てるゆえ、家は急がぬ」

「なるほど。それじゃ、手が空いているのを十人ばかり知っていますから、明日にでも声をかけてみやしょう」

「そうしてくれると助かる。しばらく江戸を離れてもらうことになるゆえ、承知してくれるとよいが」

「そこは天下の甲州《こうしゅう》様のご依頼ですからね、断る江戸っ子はおりませんや。安心してください」

「そうか。うむ、権八に頼みに来てよかった」

安堵する左近に、権八は楽しそうに言う。

「話が決まったところで、久しぶりにやりますか」

酒を飲む仕草をする権八に、左近は応じる。

権八が台所に行こうとすると、見ていたかのようにおよねが料理を運んできた。

お琴とおよねが腕によりをかけた夕餉は、煮物に加え、松茸《まつたけ》を炊《た》き込んだ飯の香りがよく、食欲をそそった。

権八は嬉しそうに酒を飲みながら、およねの話を聞いていたのだが、おこんの奉公先が左近の屋敷だったと知り、目を丸くした。

「左近の旦那、そいつはほんとうですかい」

「うむ」

「へえ、そいつはよかった。でも左近の旦那、おこんちゃんは器量よしだから、惚《ほ》れちまうんじゃないですか」

言った途端に、およねに頭をたたかれた。

「痛っ！」

「お前さん、藪《やぶ》から棒に何言うのさ」

「すまねえ、口が勝手に動いちまった」

「悪い口だよ」

唇をつねられた権八は痛がり、離せとわめいた。

左近は笑った。

「およね、あり得ぬから、権八を責めるな」

お琴は、権八の赤くなった鼻の下を見て、気の毒そうな顔をしている。

権八がお琴に手を合わせた。

「ほんとにすまねえ。今仕事で通っている旗本の屋敷で、ちょいとした騒動になっていることがあって、そいつが強烈に頭に残っちまってたもんで、ついこころにもないことを言っちまった。許しておくれよ」

お琴は笑顔でうなずき、権八に酒をすすめた。

酌《しゃく》を受けた権八が一口飲むのを待って、左近が問う。

「旗本の騒動とはなんだ」

「それですよ」

もう一口飲んで杯《さかずき》を膳に置いた権八が、左近に酌をしたあとで話しはじめる。

それによると、夫婦仲がいいと評判だった千石の旗本竹中《たけなか》家に、行儀見習いの若い女が入ったのだが、あるじがその女の誘惑に負けて妾《めかけ》にしたのがもとで、奥方と若い女の激しい闘いになったという。そしてこの夏には、奥方が薬を盛られるという事件があり、しばらく寝込んだ時期があったらしい。

医者の懸命な治療が功《こう》を奏《そう》し、夏が終わる頃に快復した奥方は、妾の侍女がしたことと突き止めた。そこで奥方は、妾がやらせたのだと腹を立てて罰しようとしたが、侍女が自分がしたことだと言い張ったため、当主が激怒したという。

そこまでは調子よく話していた権八が、当主のくだりになると急に、先を言おうか迷った様子で口を閉ざし、手酌《てじゃく》をして酒を飲み、ため息をついた。

左近が問う。

「激怒した当主が、何かしたのか」

権八は渋い顔で顎を引いた。

「飯の時に言うのは気分が悪いんで、やめておきやす」

「もうあたしとおかみさんは、すませているよ」

およねに先を促《うなが》されて、権八はゆっくり杯を置いた。

「これはあとから噂《うわさ》になっていたことですが、侍女は妾に恩があったらしく、殺されても白状しなかったようです」

お琴とおよねが驚き、左近が問う。

「侍女はあるじに殺されたのか」

「ええ。頭に血がのぼっちまった殿様が、棒で打ち殺したそうです」

およねが身震いした。

「怖い話だねえ。お前さん、そんな恐ろしいところに通って大丈夫なのかい？」

「心配ねえよ」

「どうしてそう言い切れるのさ」

「そりゃおめえ、広ぉい敷地の中で、殿様がいらっしゃる母屋《おもや》から離れた場所に奥方の離れを建てているからよ。裏門から入って、裏門から出るから、殿様の顔を拝《おが》むことはねえってわけだ」

およねが顔をしかめた。

「妾が悪いことしたに決まっているのに、殿様は奥方を追い出したのかい」

「いんや、その逆だ。殿様は性悪な妾を追い出したんだが、奥方のところが離れちまったらしくてよ、同じ屋根の下に暮らしたくないと言われた殿様が、応じて離れを建てることになった。そういう事情で、左近の旦那のお力になれないってわけです」

権八に酒をすすめられて、左近は杯を向けつつ問う。

「その旗本は、竹中なんと申すのだ」

「清輔《きよすけ》様です」

左近は、気の弱そうな顔を目に浮かべた。

「あの者か。確か妾は御家人の娘だと聞いているが」

「ええ、そのとおりで。ご存じでしたか」

「御家人の娘を妾にしたとだけは耳にしている」

「妾にならなくても、いい嫁《とつ》ぎ先があったんじゃないかって思いますがね、殿様のお手がついちまったんじゃ、仕方ねえですね」

「追い出されて、実家に戻ったのか」

「さあ、そこまでは知りやせん。お気になるようでしたら、調べてみますが」

「いや、よい。訊いてみただけだ」

左近は、また首を突っ込んだとおこんに言われてしまうとお琴に告げて、二人で笑った。

およねが権八に言う。

「それにしても薬を盛るなんて、妾が侍女に命じたに決まってるよ。竹中様は、とんだ人を世に放したものだね。そういう性悪女は、またどこかで同じことをするに決まっているよ。ねえ左近様、そう思うでしょう」

水を向けられた左近は、まあそうだな、と相槌《あいづち》を打ったものの、御家人の娘のその後を調べようとまでは思わなかった。

夜はお琴と二人で過ごし、朝餉を共にとって三島屋をあとにした。

おこんを迎えに行くと、太田宗庵《おおたそうあん》が妻女と慌てた様子で出てくるなり、二人並んで地べたに座して平伏《へいふく》した。

「甲州様とは露知《つゆし》らず、これまでご無礼をいたしました」

「宗庵、よせ。黙っていたおれのほうこそ、悪かった」

「とんでもございませぬ」

「二人とも、立ってくれ」

左近が言うと、妻女が顔を上げた。

「いたらぬ娘ですが、どうか、よろしくお頼み申します」

これまでつっけんどんな態度を取っていた者とは別人のように懇願《こんがん》され、左近は微笑む。

「こちらこそだ。さ、お立ちなさい」

ようやく立ち上がった宗庵と妻女は、安堵した顔を見合わせ、宗庵が左近に言う。

「昨日娘から聞いた時は、なんの冗談かと思いましたが、よく考えてみれば、市中で悪人を退治される甲州様のお噂は耳にしておりました。西川東洋《にしかわとうよう》殿と共にいらっしゃる殿を拝見した時に気づくべきでした。まさか、新見《にいみ》様が甲州様だったとは」

左近は笑った。

「お忍びで出ておるのだから、気づかれては困る」

「はは、確かに」

にこりとした宗庵は、戸口から出てきたおこんを左近の前に立たせ、

「おこん、しっかりご奉公するのだぞ」

そう言い聞かせ、改めて夫婦揃って頭を下げた。

おこんは左近に、照れたような笑みを浮かべた。

「行こうか」

「はい」

左近は宗庵夫婦に見送られ、おこんと帰途についた。

夫婦から見えなくなったところで、左近が言う。

「宗庵と母御《ははご》には、驚かせてすまぬことをした」

「確かに話した時は、目が飛び出るほど驚いていましたが、二人とも、特に母は、大喜びでした」

「そうか」

「はい。あの左近様なら安心だって」

「そう思うてもらえてよかった」

おこんが左近の前に来て立ち止まり、不安そうな顔で見上げた。

「おかみさんは、何か言ってらっしゃいましたか」

「そなたのことをか」

「はい」

「なぜ心配している」

「わたしが、お屋敷に上がるまでどなたに仕えるか言わなかったから、変に思われたかと思いまして」

左近は笑った。

「案ずるな。お琴は、おこんがおれのところだと知って安心していた。権八が旗本の奥向きで起きたいざこざを知ってからは、なおのことよかったと思ったと、昨夜そう話していたぞ」

「いざこざ？」

首をかしげるおこんに、左近は詳しくは教えず、

「たいした話ではないゆえ、首は突っ込まぬ」

先回りして告げ、歩みを進めた。

桜田の屋敷に戻ると、おこんは玄関に向かう左近を外で見送り、裏庭から奥御殿に戻っていった。

左近は小姓の手を借りて着替え、奥御殿の居室でくつろいだ。

程なく来た間部に、権八が大工の手配をしてくれることを告げると、安堵して応じる。

「助かりました。方々声をかけてございますが、甲府まで行ってくれる者がおりませぬ」

「権八の知り合いも何人行ってくれるかわからぬゆえ、近隣の大名に頼み、城下から回してもらうしかあるまい。各藩の留守居役《るすいやく》に話をしてみよ」

「承知いたしました」

間部が下がるのと入れ替わりに、皐月が廊下に座した。

「殿、町からお戻りになり、喉《のど》が渇いておられましょう。お茶をお持ちいたしました」

「うむ。すまぬ」

左近の声に応じて皐月が横を向き、促す。

茶菓を持って入ったのは、茶色の矢絣《やがすり》に身を包んだおこんだった。

奥御殿女中としての仕草はまったく隙《すき》がなく、左近の前に来たおこんは、町にいる時とは違っておしとやかで、指の先まで優雅な動きをする。

これがあのおこんか、と思った左近は、目をしばたたかせた。

皐月と目が合うと、皐月は満足そうな笑みを浮かべて言う。

「おこんは、よい素質を持っております。これからもっと磨いてやりますから、お楽しみに」

「皐月、おこんは余の命を救ってくれた医者の娘だ。おこんにも世話になった恩があるゆえ、あまり厳しくしないでやってくれ」

おこんが目を丸くした。

「そんな、わたしなんて……」

言いかけて、おこんは口を塞いだ。

「医者の娘として、当然のことをしたまでにございます」

しとやかに言い換えるおこんに、皐月は微笑む。

「これからは殿があるじなのですから、粗相《そそう》のないよう、しっかりお仕えするのですよ」

「はい」

「では殿、控えの間に下がらせていただきます。ご用の時は、そちらの鈴をお鳴らしくださりませ」

昨日まではなかった鈴が、書院に置かれていた。

左近が応じ、おこんが差し出してくれた茶を飲んだ。

菓子には手をつけず、おこんに食べなさいと言って渡してやった。

戸惑うおこんに、皐月が言う。

「ありがたく、あとでいただきなさい」

「はい」

素直に応じたおこんは、左近に頭を下げ、皐月と共に控えの間に戻っていった。

一人になった左近は、今のおこんの姿を両親に見せてやりたいと思ういっぽうで、天真爛漫《てんしんらんまん》なおこんを委縮《いしゅく》させてしまっていないかと、心配になるのだった。

おこんは日が経《た》つにつれて屋敷暮らしに慣れたらしく、様子を見ていた左近は、これならばよかろうと、安堵していた。

そんな左近に、相談があると言って又兵衛が来たのは、晴れた日のことだ。

居室で向き合って座したものの、又兵衛はなかなか口を開かない。

「難しい顔をして、いかがした」

左近が促して、ようやく又兵衛は切り出した。

「実は、殿のおそばにもう一人、侍女を仕えさせたいのですが」

「おこん一人で十分ではないか」

「ごもっとも。なのですが、そこをなんとか」

「事情があるのか」

「ございます」

即答した又兵衛は、饒舌《じょうぜつ》に語った。

「馬廻《うままわり》衆《しゅう》の大崎介郎《おおさきすけろう》殿が、大崎家の菩提寺《ぼだいじ》から、是非とも甲府藩で行儀見習いをと頼まれた御家人の娘がおると言われて、断れぬと相談を受けまして、奥御殿の下働きならばよかろうと思い、殿にご相談するまでもなく、今朝会《お》うたのです」

左近は桜田屋敷に入るにあたり、差配を又兵衛と間部にまかせているため異存はない。

「大崎は余も信頼しておる者ゆえ、相談するまでもないが、余のそばに置かねばならぬのか」

「奥御殿の雑務をさせるつもりで本人と会いましたところ、名は真衣《まい》と申しまして、おとなしそうで頭もよく、屋敷で働くことを許したのですが、殿に仕えたいと懇願されたのです」

左近は、苦笑いをする又兵衛の本音を探った。

「それで？」

「はい。一度は断りました。ですが、その……」

「その、なんだ」

「真衣がこう申すのです。寺の和尚《おしよう》様から甲州様のお人柄をお聞きして以来憧《あこが》れを抱き、いつかおそばにお仕えしたいと、毎日仏様に願い続けておりました……と」

声音《こわね》を柔らかくしているつもりだろうが、鬼の又兵衛と言われた男だけに、左近には真衣が言った姿が想像もつかぬ。

しらけている左近に気づいた又兵衛が我に返り、ごほんと咳をして居住まいを正した。

「健気《けなげ》とは思われませぬか」

真面目な顔で言う又兵衛に、左近はひとつ息を吐いた。

「その健気さに、ほだされたというわけか」

又兵衛は身を乗り出す。

「それだけではありませぬぞ」

「否定せぬのだな」

「おこんのよい相方になるとも、思うた次第で」

「なるほど」

「真衣の家柄も問題ありませぬ」

「又兵衛が決めたのなら、よかろう。そなたにまかせる」

又兵衛は安堵して頭を下げた。

「はは。では、今日から皐月殿に預けまする」

いそいそと戻る又兵衛を見送った左近は、ふと、これも綱吉の差し金かと思い、目付役がもう一人増える気がして、ため息をついた。

三

真衣の奉公がはじまって、十日が過ぎ去った。

真衣はおとなしく、指南役の皐月が、

「ようできた子です」

間部にこう述べるほどの娘だった。

歳はおこんのひとつ上だが、偉ぶることなく、先に入っていたおこんに対してへりくだって接していた。

おこんは、初めはいい人が来てくれたと喜んでいたのだが、真衣が左近に色目を使うのが気になりはじめていた。さらに日が経つと、左近が真衣に対しても優しいものだから、次第に、胸がもやもやしはじめていたのだ。

「もう、左近様ったら、悪いことをしそうな人はすぐ見抜くのに、おなごのことになるとからっきしなんだもの」

左近の使いで三島屋に贈り物を届けたおこんは、お琴が寄り合いに出ていると知って、およねに不満をぶつけた。

　およねが大笑いするものだから、おこんは目を白黒させて言う。

「笑いごとじゃありませんてば。真衣さんは、左近様の気を惹《ひ》こうとしているに決まってるんですから」

　およねは、おこんの肩を軽くたたいた。

「わかってないね」

「何をです？」

「左近様は、おかみさんしか見えていないから大丈夫。小娘がいくら色目を使ったって、お手つきにはならないから、でんと構えてなさい」

　大きな腹をぽんとたたくものだから、おこんは笑った。

「いい音。どうやったら出るんですか」

「あはは、おこんちゃんの腹は無理だわ。あたしのように立派じゃないと」

　自慢してまた腹をたたくおよねに、おこんは抱きついた。

「ありがとうおよねさん。話を聞いてもらって、なんだかすっとしました」

　およねは、おこんを抱きしめて言う。

「おかみさんを心配していたんだね。ほんとに、可愛い子だよう。おこんちゃんがそばにいれば大丈夫。左近様に限って万が一はないから、安心おしよ」

「はい。おかみさんには……」

おこんが口に指を当てて頼むと、およねはうなずいた。

「あいよ。言わないから、暗くならないうちにお帰り」

気持ちが楽になったおこんは笑顔で応じて、軽い足取りで桜田の屋敷に帰った。

表ではなく、奥女中たちが使う脇門に戻ると、門番が親しく接する。

「もうお戻りですか」

おこんは、気軽に立ち話をするのは皐月から禁じられているため、三十代の門番に愛想《あいそ》よく会釈《えしゃく》する。

門番もそこは心得ており、潜り戸を開けてくれた。

中に入ったおこんは、奥御殿の瓦屋根《かわらやね》を見上げて、西日に目を細めた。改めて、なんて広いお屋敷だろうと思うのは、おこんが奉公する奥御殿まで戻るには、まだまだ歩かねばならないからだ。門を入ったところには、家臣たちが暮らす長屋が建ち並び、おこんの目には、ちょっとした下町に見える。

あいだにもうひとつ門があり、そこは奥御殿に通じるため、男は通ることはできない。

おこんは、門番が開けてくれた潜り戸から入り、竹垣《たけがき》に挟まれた小道を歩んで、やっと奥御殿に着いた。

　裏手の廊下を歩み、皐月の部屋の前で声をかける。

「おこんです。ただいま戻りました」

「お入り」

　声に応じて顔を上げると、皐月は穏やかな表情で迎えてくれた。八畳の下手《しもて》に正座したおこんに、皐月が問う。

「わたくしはお琴様にお目にかかったことはありませんが、お変わりありませんでしたか」

「商家の寄り合いに出かけられており、お会いできませんでした」

　皐月が意外そうな顔をした。

「では、直《じか》に渡せなかったのですか」

「およねさんが、お渡しくださいます」

「殿は、それでよろしいのかしら」

　おこんは、大丈夫ですよ、と笑って言いたいのをぐっとこらえ、落ち着いて答えた。

「よろしいかと存じます」

そう、と応じた皐月が、微笑んだ。

「ご苦労でした。下がってお休みなさい」

左近が湯浴《ゆあ》みをする刻限のはずだと思ったおこんは、口に出した。

「殿のお世話はよろしいのでしょうか」

「今日は真衣がしますから、よいでしょう」

「はい」

応じて下がったおこんは、真衣が初めて湯殿《ゆどの》の世話をするのが心配になった。手抜かりのほうではなく、左近に色目を使う真衣を思い出し、やけに胸がざわついたのだ。

自分に与えられている六畳間は、左近の寝所の裏手にある。その寝所に向かう廊下と、己の部屋に向かう渡り廊下の角で足を止めたおこんは、どうにも気になり、寝所に続く廊下に足を向けた。

左近の寝所に行くと、誰もいなかった。

真衣は湯殿の隣の部屋に控えているはず。

見に行こうと思い、湯殿に近いところまで行った時、角を曲がってきた左近とぶつかりそうになった。おこんはびっくりして、きゃっ、と声をあげて下がった。

それほどに、左近が慌てていたのだ。

転びそうになった腕を引かれたおこんは、頭を下げた。

「ごめんなさい」

「よい。おれも前を見ていなかった」

左近はぎこちない笑みを浮かべ、寝所に行こうとする。おこんは背中に声をかけた。

「お届け物は、おかみさんがお留守でしたから、およねさんにお渡ししました」

「そうか。ご苦労だった」

目を合わせぬ左近の態度を不審に思ったおこんが、話を続ける。

「お湯加減は、いかがでしたか」

「今日はやめておく」

「え？」

意外な答えに、おこんが思わず声をあげると、左近は答えず足早に去った。

湯殿はすぐ向こうにある。真衣が何か粗相をしたのかと心配になったおこんは、湯殿に急いだ。

控えの間に真衣がいなかったため、湯殿に入った。脱衣場に誰もいない。湯船の掃除をしているのかと思ったおこんは、手伝うために檜《ひのき》の戸を開けた。

「真衣さん……」

手伝うと言おうとしたおこんは、あっ、と声をあげて立ちすくんだ。湯船の横の洗い場に横たわっていた真衣が身を起こし、薄衣《うすぎぬ》をまとったからだ。まとっても、胸が透《す》けている。

恥ずかしそうにする真衣の態度に、おこんは後ずさりした。ここで何があったのか、乙女《おとめ》のおこんでも想像がつくからだ。

お琴の笑顔が頭に浮かんだおこんは、ひどく動揺し、真衣に名を呼ばれても応じることができず、湯殿から出た。

廊下を走っていたおこんは、表御殿から渡ってきた又兵衛と出合《であ》い頭《がしら》にぶつかってしまい、尻餅《しりもち》をついた。

「これ、何を慌てておるのじゃ」

行儀が悪いぞと言われて、おこんは平伏した。

「申しわけありませぬ」

又兵衛が告げる。

「おこん、よいから立ちなさい。湯殿で何かあったのか」

おこんは言葉が出なかった。

「これ、黙っておってはわからぬぞ」

「何も……」

「そうか。ではゆけ、走るでないぞ」

「はい」

立ち上がったおこんを見た又兵衛が、眉間《みけん》に皺《しわ》を寄せた。

「泣いておるではないか。何があった」

「………」

おこんが答えられずにいると、又兵衛が湯殿に顔を向けた。そして、おこんを追って出てきた真衣を見るなり、又兵衛は大口を開けて驚いた。

又兵衛と目が合った真衣は、慌てて湯殿に隠れた。

又兵衛がおこんに問う。

「おい、あれはつまり、あれか……」

驚きを隠せぬ様子の又兵衛に、おこんは唇を噛《か》んだ。

「そのような顔で見るな。わしは、何も関わっておらぬぞ。これ、待たぬか」

声を背中で聞いても、己の気持ちが抑《おさ》えられないおこんは走り去り、部屋に戻って障子を閉めた。

「おかみさんが可哀そう」

自然に漏れた言葉だが、それとは別の感情に気づかぬおこんは、

「左近様の馬鹿」

とつぶやくと、顔を両手で覆《おお》ってうずくまった。

四

「殿、殿！」

閉めた障子の外でする又兵衛の声に、左近は着替えていた小袖の帯を締め終えて応じる。

「入れ」

障子を開けて入り、廊下に人がいないのを確かめながら閉めた又兵衛が、上座に正座した左近に足早に近づいてくる。表情がなんとなく明るい。

「真衣をお気に召されましたか」

「なんのことだ」

「ですから、湯殿でお手つきに……」

「ありはせぬ」

即答するも、又兵衛は言う。

「照れなくてもよいではござらぬか。おこんを見ればわかりますぞ」

左近は驚いた。

「おこんがいかがした」

「泣きながら、湯殿から出てきました」

「何」

慌てた左近は、おこんの誤解を解くために立ち上がったが、又兵衛が止めた。

「もう部屋に下がりました」

「ここへ呼んでくれ」

「殿、お琴様の耳に入るのを恐れておられるのでしょうが、大名たる者、側室の一人や二人おるのが当然。殿のおそばより店を選ばれたお琴様も、わかってくださされましょうぞ」

左近は座り、又兵衛に告げる。

「余は、真衣に手をつけてなどおらぬ」

「水臭《みずくさ》いですな。それがしにまで隠さないでくだされ」

「又兵衛……」

困る左近に、又兵衛は笑った。

「殿がそのようにうろたえられるのを、初めて見ました。この目で見ましたぞ、薄衣の真衣が湯殿から出るおこんを追うのを」

「又兵衛まで勘違いをいたすな」

「では、真衣のあの姿はいかに」

元大目付《おおめつけ》の顔つきになる又兵衛に、左近は言いかけて口を閉ざした。又兵衛に事実を言えば、黙っておらぬ。ゆえに、真衣を傷つけまいと思ったからだ。

「とにかく、何もない」

言い張ると、又兵衛はひとつ息を吐き、

「さようですか。わかりました」

この場は引き下がり、他の用件のみを伝えて出ていった。

左近は、これで収まればよいがと思いながら、ため息をついた。

障子を閉めた又兵衛は、

「殿も照れ屋じゃの」

などと独りごち、

「こうなったら、本人に問うてみよう」

笑って廊下を戻り、表御殿の自室に真衣を呼んだ。

程なく来た真衣は、矢絣に身を包み、身なりを整えているものの、いつもと違って落ち着きがなく、又兵衛と目を合わせようとしない。

「障子を閉めて、近う寄りなさい」

「はい」

消え入るような声で応じた真衣は、障子を閉めて又兵衛に向き、膝行《しっこう》して近づいた。

「真衣、回りくどいことは抜きで問う。湯殿で、殿のお手つきがあったのか」

真衣は、戸惑いつつ言葉を返す。

「殿は、なんと……」

「ないとおっしゃったが、どうも怪しいゆえそなたに問うておる。あったのか」

真衣はゆっくりと、首を縦《たて》に振った。

半信半疑だった又兵衛は、真衣の恥ずかしそうな顔を見て確信した。

「そうか、あったか。うむ、そうか、よし！」

自分に言い聞かせるように繰り返し、でかしたとまでは言わぬものの、上機嫌に告げる。

「これで、殿は市中へお出になる回数が減ろう。真衣、近いうちによい知らせがあると思うておれ。今日は下がってよい」

真衣は嬉しそうに応じて頭を下げ、自分の部屋に戻った。

「こうしてはおれぬ。間部殿と支度にかからねば」

又兵衛はいそいそと、間部のもとへ向かった。


落ち着きを取り戻した左近は、新井白石《あらいはくせき》が編纂《へんさん》して届けた儒学書《じゆがくしよ》に挟まれていた文《ふみ》を読んでいた。

西ノ丸を出たのを知った白石は、残念に思う気持ちを綴《つづ》っていたが、命を狙われるよりはよいと締めくくっており、私塾を訪ねるのを心待ちにしている様子が伝わった。

近いうちに大川《おおかわ》を渡ろうと思いつつ文を閉じ、儒学書に手を伸ばした左近は、廊下に顔を向けた。

月明かりに照らされた障子に映《うつ》っていた人影が、次の間の前で座した。

「殿、お邪魔をいたします」

よろしいかとも問わぬ間部の様子に、又兵衛に話を聞いたのだと思った左近は、入れと声をかけ、書を閉じて膝を転じた。

蠟燭《ろうそく》の明かりが届くところまで進んだ間部が、正座して頭を下げる。

「真衣のことか」

先回りをして問う左近に、間部は真顔を向ける。

「又兵衛殿は、側室に推《お》す気満々です」

左近は笑った。

「上様から、おれをあまり三島屋に行かせてはならぬと言われておるようだからな」

「初耳です」

「この屋敷に入ってしばらくして、又兵衛本人から聞いた」

間部はうなずき、うかがう面持《おもも》ちをする。

「その……」

「湯殿で手をつけたという話なら、ない」

「又兵衛殿は、お琴様に伝わるのを殿が恐れてらっしゃると決めつけておられます」

「どうしてそうなる」

「真衣本人に確かめたそうです」

左近は驚いた。又兵衛がそこまでするとは思っていなかったのだ。

「認めたのか」

「はい」

じっと目を見る間部から目をそらすように、左近は下を向いた。

「困った」

「それは、お認めの、困った、ですか」

「そうではない。おれは、湯殿で倒れていた真衣を見つけて助け起こした。それだけだ」

「やられましたな」

思わぬ答えに、左近は間部に顔を向けた。

「どういうことだ」

間部は真顔で告げる。

「湯殿で殿様の世話をする侍女が熱気にのぼせて倒れ、驚いた殿様が助け起こしたところ、濡れた薄衣に透ける身体に魅了《みりよう》されてつい……という話です」

まるで見ていたかのような言いぐさに、左近は動揺した。

間部がすかさず続ける。

「お手つきを願う侍女が使う色仕掛けに、やられましたな」

「いや、抱きつかれただけだ。それ以上は何もない」

「なるほど」

左近はむきになる。

「その目は、疑《うたご》うておるな」

「微塵《みじん》も……」

左近がじっと目を見ると、間部は長い息を吐いた。

「そのため息はどういう意味だ」

「あったらあったで、慶事だと思いましたもので」

子宝のことを言っているのだと察した左近は、話題を変えるべく口を開く。

「このことは、誰にも言うな」

間部は真顔で応じる。

「真衣の名誉のためですか」

「そうだ」

「しかしこのままでは、側室にされますが」

「そこは間部、そちにまかせる。思い込みが激しい又兵衛を、なんとかしてくれ」

「承知しました」

下がりかけた間部が、左近に告げる。

「大事なことをつい失念しておりました。先ほど権八殿がまいり、十人の大工が、甲府行きを承知してくれたそうです」

「通さなかったのか」

「直に伝えるよう誘ったのですが、忙しいらしく、三島屋でまたゆっくり話したいと申しておりました」

「そうか。行ってくれる者には、手厚い手当てを頼む」

「承知いたしました」

「隣国への話はどうなっている」

「ただ今進めておりますが、同じ日に領内で被害が出たお家がいくつもありました。いずれも人手を欲しがっておりますから、近隣の大工は引く手数多《あまた》となっております」

「お互い、助け合わねばならぬ状態か」

「油断しますと、人手を持っていかれます。甲府領内の人手が流れぬようにするために、手間賃を上げねばならぬかと考えておるところです」

「それはいたしかたない。手間賃を惜しまず、民の救済を最優先にいたせ」

「はは」

間部は頭を下げた。

左近は念押しする。

「又兵衛のことも頼むぞ」

間部は真顔で応じて、去り際に告げる。

「殿も、お気をつけくださいますよう」

言った時の口元がゆるんだように見えたが、間部は頭を下げてさっさと退《しりぞ》いたため、左近は確かめられなかった。

又兵衛のごとく思い込みが激しいのが、もう一人いた。

翌日、朝茶を持ってきたおこんは左近と一度も目を合わさず、言葉にもよそよそしさがあり、何より元気がない。

怒っているようにも見えた左近は、来たばかりだった間部と目を合わせて助けを求めた。

ひとつ咳をした間部が、口を開く。

「おこん」

「はい」

「機嫌が悪そうだが、殿に無礼であるぞ」

そういう意味ではないと左近は言いたかったが、間部は、うつむいて黙り込むおこんに続ける。

「湯殿でのことで怒っているのなら、思い込みもたいがいにいたせ。殿は、倒れていた真衣を助け起こされた。それだけのことだ」

おこんは左近をちらと見て、何か言いかけてやめた。

左近が告げる。

「思うことがあれば、遠慮せず言うてくれ」

おこんは左近に顔を向けた。

「真衣殿は、皐月様にはっきりと言いました」

「何を」

「ですから左近様が……」

「殿とお呼びしなさい」

廊下で皐月の声がした。

びくりとしたおこんが、両手をつく。

「ごめんなさい」

「躾《しつけ》がいたらぬこと、深くお詫《わ》び申し上げます」

言いながら姿を見せた皐月が、座して左近に平伏し、おこんに告げる。

「ここは市中ではありませぬ。言葉に気をつけなさい」

「皐月、そう厳しくするな」

すると皐月は、まあ、という驚きの顔を左近に向けた。

「殿、お気持ちはわかりますが、甘やかしてはなりませぬ。おこん、以後気をつけるように」

「はい」

縮こまるおこんを見た間部が、皐月に問う。

「して皐月殿、殿に何かご用か」

「真衣から話を聞きましたもので、確かめにまいりました。殿、昨夕の湯殿での件は、まことでございますか」

皐月は、凛とした面持ちで答えを待っている。

おこんは、左近をじっと見てきた。

二人に見つめられて、左近は苦笑いを浮かべる。

「真衣はなんと言ったのだ」

「はっきりと、お手つきがあったと申しました」

皐月にそう言われて、左近は目を閉じた。

「そうか……」

皐月が何か言おうとしたが、間部が先に口を開く。

「皐月殿、真衣と話がしたい。あとでそれがしの部屋に連れてこられよ」

「承知しました」

間部はおこんに目を向ける。

「そなたは、近々実家に戻ることになっておったな」

「はい」

「殿と真衣の件は、はっきりするまで親にも言うてはならぬぞ」

「承知しました」

おこんは左近に頭を下げて退出した。

目で追っていた皐月が、間部に言う。

「何ゆえ口止めされるのですか」

「殿がないとおっしゃっているからだ」

皐月は口を手で覆った。

「まさか……」

「真衣は意識が朦朧《もうろう》として、夢でも見たのであろう。とにかく、それがしが確かめるまで、騒がぬように」

「かしこまりました」

下がろうとする皐月に、左近が声をかける。

「そなたは、真衣の人となりをどう見ている」

皐月は背筋を伸ばして答える。

「頭がよく、気性も穏やかで控えめにございます。それでいてよう気が回り、よい娘にございます。ゆえに、殿もお気に召したとばかり思うておりました。まことに、真衣の勘違いでしょうか」

「皐月殿」

間部に制されて、皐月は両手をついた。

「ご無礼をお許しください」

「よい。して、おこんはどうか」

「おこんでございますか」

皐月は、意外そうな顔をした。

「わたくしより、殿がご存じかと思うておりましたが」

「真衣が来てから、以前より静かになった気がするのだ。二人は、仲ようしておるのか」

「わたくしは、今がちょうどよいと思うております。今までが元気すぎましたゆえ」

「そうか。おこんは元気なくらいがよい。あまり、押さえつけないでやってくれ」

心配する左近に、皐月は微笑んだ。

「承知しました。殿のお好みを壊さぬよう、気をつけまする」

下がる皐月がくすりと笑った。

左近は間部を見た。

「皐月は、何か勘違いをしておらぬか」

「さあ。おなごの気持ちは、それがしはようわかりませぬ」

間部はそう応《こた》えると、真衣に話を聞くと言って頭を下げ、表御殿に戻った。

ひとつ長い息を吐いた左近は、気分を変えて、白石の書物を手に取った。


皐月が真衣を連れて間部の部屋に来た。

大工の手配の指図を配下の者にしていた間部は、しばし待たせ、

「ではよろしく頼む」

打ち合わせを終えて下がらせた。

入れ替わりに来た真衣に、間部は正面に座るよう促す。

皐月は横手に座し、真衣は神妙な態度で、間部と向き合った。うつむき、戸惑っているのか、それとも恥ずかしいのか、間部には読めなかった。

「回りくどいことは抜きだ。殿はそなたに手をつけておらぬとおっしゃっているが、どうなのだ。湯殿の熱気にのぼせて、夢を見たのではないか」

真衣は悲しそうな顔をして、目元を指で拭《ぬぐ》った。

「殿がそうおっしゃるのでしたら、それでよろしゅうございます」

「納得しておらぬようだな」

「いえ。これまでと変わらずお仕えさせていただけるなら、思い出は大切に、この胸にしまっておきます」

真衣は己の胸に手を当てて、懇願する眼差しで間部を見つめた。

弱い女を演じているのか、それとも素《す》か。

わからぬ間部は、皐月を見た。

すると皐月は、哀《あわ》れんだ面持ちで真衣を見ている。

真衣に目を戻すと、潤《うる》んだ目で拝むように両手を合わせているが、間部は動じず問う。

「殿は、湯殿の世話を命じておられなかったはずだ。何ゆえ薄衣で湯殿におった」

「お背中を流すために、お待ちしておりました」

間部は厳しい目を向けた。

「それは、下心からではないのか」

「決して、そのようなことは考えておりませぬ。おそばにお仕えする侍女は、殿様のお背中を流すものだと、皐月様からお教えいただきましたゆえ」

間部が眼差しを転じると、皐月が慌てたように口を開く。

「これまでお仕えしたお屋敷では、どこもそうしておりましたものですから、そう教えたまでです。肌が透ける薄衣でお仕えするようには教えておりませぬ」

真衣が両手をついた。

「湿気で肌が透けているのに気づかなかったわたくしが悪いのです。以後気をつけますから、皐月様をお咎《とが》めになりませぬように」

「責めてはおらぬ。問うたまでだ」

間部はそう言い、真衣の面《おもて》を上げさせた。

「昨日のようなことは二度と起こさぬと約束できるか」

「はい。肝《きも》に銘《めい》じまする」

「では、この件はこれでしまいだ。殿には、それがしからお伝えしておく。下がってよい」

「ありがとうございます」

真衣はしおらしく頭を下げ、安堵の表情で立ち上がった。

皐月も下がってゆく。

真衣の顔をじっと見ていた間部が、弱い女なのか、したたかなのか、

「さっぱりわからぬ」

と独りごちた時、隣の襖が開いた。

又兵衛がいたので間部が驚いていると、又兵衛は廊下を確かめ、膝を突き合わせる。

「どう思うた。わしは、控えめでよい娘と見たぞ」

又兵衛はずいぶん気に入っているようだが、間部はしっくりこない。称賛《しょうさん》する又兵衛の顔を見て、なぜか、油断がならぬ女だという気持ちが強くなったのである。

五

湯殿の騒動から三日が過ぎた。

お咎めもなく、左近のそばに仕えている真衣は、皐月の言うことをよく聞き、きびきびと働く。

「皐月様、殿が弓の稽古をされてらっしゃいますから、ぬるめのお茶をお出ししたほうがよいと思うのですが」

遠慮がちに言う真衣に、皐月は笑顔で応じる。

「そのようにいたしなさい」

「はい」

真衣が下がると、皐月は笑みを消し、小さくなっているおこんに厳しい顔を向けた。

「人の心配より、自分の心配をなさい。殿のおそばに仕える者が、墨《すみ》もろくに磨《す》れないでどうするのです」

おこんの真新しい矢絣の袖には墨が散っている。

「すぐに着替えてきます」

「待ちなさいおこん。これ」

おこんは聞かず、廊下を急いだ。


最後の矢を放って稽古を終えた左近は、小姓に弓を渡して縁側に腰かけた。

「どうぞ」

声に応じて振り向いた左近は、差し出された手拭《てぬぐ》いを受け取り、顔を上げて目を見張った。

にっこりとするおこんの頬《ほお》に、墨が散っているからだ。

「そなたが使ったほうがよいぞ」

左近は手拭いを渡してやり、頬を指差すと、おこんは慌てた。

「ついていましたか」

拭っても取れず、猫の髭《ひげ》のようになったので、左近はよりおかしくなって笑った。

「え、どうなりました。ちょっと……」

顔を隠すおこんに、共にいた真衣が救いの手を差し伸べ、汚れを取ってやった。持ってきていた茶を渡す前に、左近が湯呑みを取って口に運ぶのを見た真衣は、落胆した面持ちになったのだが、それは一瞬のことで、おこんの顔をまた拭いはじめた。

湯呑みを置いた左近が、口を開く。

「おこん、袖が汚れておるぞ」

「いけない。すぐに着替えます。真衣さん、手伝ってください」

「え、は、はい」

真衣はおこんに手を引かれ、左近に会釈しかできぬまま連れていかれた。

また夕方には、左近が湯殿に行くと、おこんと真衣が渡り廊下に控えており、

「ごゆっくり」

おこんが声をかけ、揃って両手をついて頭を下げた。

左近は気にせぬ体《てい》で軽く顎を引き、

「二人とも、下がってよいぞ」

こう声をかけると、明るく応じたおこんが、真衣を連れて部屋に戻っていく。

見送った左近は、おこんの気の使いように口元をゆるめ、湯殿に入った。

さらに三日が過ぎ、おこんと真衣の様子を見ていた又兵衛は、側室について間部の説得を受けた時、

「おこんもなかなか、よい娘じゃな」

などと言い、真衣を側室に推す気は、とりあえず失《う》せたようだった。

その話を間部から聞いた左近は、

「これで静かになる」

と言って笑い、ひとまず安堵した。

甲府の村に送る人手もめどが立ち、ようやく落ち着いた左近は、昼間には屋敷を出て、久しぶりにお琴に会いに行った。

いつものように裏から入り、客でにぎわう店のざわめきを聞きながらくつろいでいるうちに、いつの間にかうたた寝をしていた。

「左近様」

呼ぶ声に目をさますと、およねが茶菓を載せた折敷《おしき》を置いてくれたのだが、不機嫌そうな顔をぷいと横に向けた。

「見そこないました」

左近は身を起こし、およねに訊く顔を向ける。

「いかがした」

「いかがしたじゃありませんよ。聞きましたよ、お屋敷の湯殿でのことを」

左近は驚いた。

「おこんから聞いたのか」

「いいえ。つい先日来たおこんちゃんは、なぁんにも言いませんでした。けど、いつもと違って暗いものだから、うちの人に言ったら、やっぱりな、と言うじゃありませんか。何か知っているのかいと訊いたら、酔っぱらってたもんですから、おかみさんの前で湯殿のことをべらべらとしゃべってしまったんです」

怒りで早口になっているおよねの言葉を聞き逃さぬ左近は、腕組みをした。

「権八は、どこでその話を聞いたのだ」

「弟子の勘助《かんすけ》からです」

勘助と三郎《さぶろう》、健太《けんた》の三人の弟子は今、神田《かんだ》の宗念寺《そうねんじ》の屋根を修繕しているのだが、その住持《じゆうじ》が武家の者と話しているのを聞いてきたのだと、およねは告げた。

耳を疑った左近は、問い返す。

「今、おれが手をつけたと、武家の者が言ったと申したか」

「ええ言いましたとも。そのお武家様は、左近様のご家来だそうです」

真衣を連れてきた大崎の菩提寺だと思った左近は、噂が広まっていることに戸惑った。

するとおよねが、目を見張って告げる。

「そのお顔は、やっぱりほんとうだったんですね」

「誤解だ。湯殿の件は、おこんと又兵衛の思い込みからはじまったことだ。湯殿で倒れていた侍女を助けただけで、手など出しておらぬ」

「左近様のお言葉を信じないあたしじゃありませんけど……」

まだ半信半疑の様子のおよねは、口の中でぼそぼそと何かつぶやいている。

そこにお琴が来て、呆れたように、およねに言う。

「声が店まで聞こえているわよ。およねさん、左近様には、側室の一人や二人いて当然なのですから、そんなに怒らないの」

なだめるお琴は、まったく気にしていない様子だ。

それはそれで、左近は寂しく思うのだった。

およねが口を尖《とが》らせる。

「でもおかみさん、うちの人が前に言っていた竹中家のように、左近様が性悪女に引っかかりやしないか心配じゃないですか」

笑うお琴は、まったく心配はしていないようだ。

左近も笑い、およねに告げる。

「おこんが目を光らせているから、何も起こらぬ。安心してくれ」

「まあ、それならいいんですけどね」

およねはようやく落ち着いたが、真衣をそのまま仕えさせたことで、おこんにはいらぬ気苦労をさせているのは確かだと、左近はこころのどこかで思うのだった。


店が忙しくなったところで、左近は煮売り屋に行った。

かえでの耳にも入っているだろうが、客がいるせいか、いつもと変わらぬ態度で接し、板場に近い場所に案内した。

小五郎も、店の大将として左近に会釈をした。だが、客が引けるとすぐさま近くに来て告げる。

「殿、およねさんから話を聞いて気になっておりました。我らに、真衣を調べさせてください」

左近は笑った。

「湯殿の件は、もう落着した。竹中家のことが頭にあるのか」

「そういうわけではありませぬが、殿にはこれまでなかった類《たぐ》いの騒動でございますし、真衣はおとなしそうでいて、実は、とんだ女狐《めぎつね》ではないかと、かえでと案じていたのです」

左近はかえでを見た。するとかえでも、小五郎と同じように真剣な顔をしている。

「真衣はただ、のぼせて倒れていただけだ。深刻に考えてはおらぬゆえ、調べずともよい」

かえでは小五郎と目を見合わせ、不服そうにうなずいた。

その頃、桜田の屋敷では、真衣が宗念寺から届いた文を大崎介郎から受け取っていた。

「和尚からこれを預かった。返事を書きたければ、明日また届けてやるから遠慮なく言いなさい」

湯殿でのことが曖昧《あいまい》にすまされたせいで、真衣にお手つきがあったと思い込んでいる者がまだいる。

大崎もその一人で、藩邸に連れてきたというのもあり、真衣に期待しているようだった。

真衣は恐縮した。

「昨日と今日と、続けてわがままを言いました」

「遠慮はいらぬと申したであろう。では」

笑って去る馬廻役に頭を下げた真衣は、部屋に戻って文に目を通した。

抜かりはない

この一文のみだが、これまでのやりとりで意味を知る真衣は、おとなしく控えめな乙女の表情が一変し、険しい顔になった。

一夜明け、実家に帰ることになったおこんは、左近にあいさつに行った。

「殿、一日お暇《ひま》をいただき、実家に帰らせていただきます。夕方には戻りますが、三島屋のおかみさんに言伝《ことづて》はおありでしょうか」

読み物をやめた左近は、おこんに笑みを向ける。

「今日はない。一晩ゆっくりしてくるとよいぞ」

「いいえ、夕方には戻ります」

真衣を一人にしてはおけないおこんは、そう言って下がり、屋敷から出た。

武家地から町にくだって歩いていた時、路地から目の前に出てきた町人の男とぶつかってしまった。

相手は尻餅をつき、商家の壁でしたたかに後ろ頭を打った。

「痛《い》ってぇ」

驚いたおこんは、頭を下げた。

「ごめんなさい」

「痛ってえな、どこ見て歩いてやがる！」

「このとおりお詫び申し上げます」

男は立ち上がり、おこんの腕をつかんだ。

「頭が痛くてたまらねぇからよ、ちいと付き合ってくれ。な、そうすりゃ治るからよう」

いやらしい目を向けられたおこんは、男を突き離して逃げようとしたのだが、もう一人現れ、前を塞いだ。

おこんは持っていた包みを投げつけて、走って逃げた。

「待てこの野郎」

怒号《どごう》を聞きながら振り向かず走ったおこんは、商家に駆け込んで助けを求めた。

「なんだい、誰かと思ったら宗庵先生のところの……」

「お願い。悪い人に追われているの。裏から逃げさせて」

店の者たちはすぐさま応じてくれ、おこんを匿《かくま》った。

追ってきた男が入ろうとしたが、手代《てだい》たちが接客する体《てい》で売り物の豆をすすめはじめた。

そのあいだにおこんは裏から逃げ、路地から表に出た。

「いたぞ！」

気づいた男が仲間と追いはじめたが、おこんは人混みに紛《まぎ》れて逃げ、自力でなんとか家まで帰ることができた。

息を切らせて戻ってきた娘に驚いた宗庵が、いったいどうしたのかと問う。

おこんから話を聞いた宗庵が家の周りを確かめ、戻ってきた。

「怪しい二人組はおらんが、油断はできんぞ。甲州様のお命を狙う者が、お前を人質にしようとしているに違いない」

「まさか……」

驚くおこんに、宗庵が言う。

「甲州様はここでお命が助かったのだ。何者かに目をつけられていても不思議じゃない。しばらく誰も、家から出てはならんぞ」

宗庵はそばにいた妻に、息子にも言い聞かせるよう告げ、おこんを奥の部屋に匿った。

左近は表御殿で、間部と書類に目を通していた。

又兵衛が来たのは、日が暮れてからだ。

「殿、皐月殿が、刻限になってもおこんが戻らぬと心配しておりますが、今日は泊まりを許されましたのか」

「泊まるようすすめたが、暗くならぬうちに帰ると言って出かけたぞ」

「では、気が変わったのでしょうか」

「黙って泊まるおこんではあるまい」

心配になった左近は、立ち上がった。

「余が捜してまいろう」

「殿、お待ちください」

間部がおこんの実家に行くと言うので、左近はまかせることにして、残りの書類仕事を終えるため腰を下ろした。

間部が戻ったのは、夜更《よふ》けだった。

奥御殿の居室で待っていた左近は、おこんが怪しい輩《やから》に攫《さら》われそうになったと知り、困惑した。

「おこんは今、どこにいる」

「連れて戻りました。殿にごあいさつしたいと申しましたが、部屋で休ませております」

「相手はどのような者か申したか」

「遊び人風の二人組だそうです」

「おこんが恨《うら》みを買うとは思えぬ。人攫《ひとさら》いか、あるいは、余の弱みにしようとしたか」

「後者は考えられませぬ」

「なぜそう言い切れる」

「殿を脅《おど》すためなら、お琴様を狙うかと。これはおそらく、おこん本人が狙われたのではないかと」

「では人攫いか」

「おこんは器量がよろしいですから、そうかもしれませぬ。あるいは……」

間部の口を左近が止めた。廊下の気配に気づいたからだ。左近の様子で察した間部が立ち上がり、障子を開けた。そこにいたのは、湯呑みを載せた折敷を持った真衣だった。

「何をしておる」

間部が厳しく問うと、真衣は怯《おび》えた顔をした。

「殿に昆布茶《こぶちゃ》をお持ちしました」

「そうか。受け取ろう」

間部に渡した真衣は、遠慮がちに口を開く。

「おこん殿は、見つかりましたか」

「部屋に戻したはずだが」

真衣は戸惑ったように目を泳がせた。

「戻っておらぬのか」

間部の問いに、真衣がうなずく。その真衣の肩越しの先にある廊下に、人影がある。

気づいた間部が声をかけた。

「おこん、そこにいたのか」

真衣が下がって振り向く。

歩いてきたおこんが、廊下に正座して左近に訴えた。

「思い出したのですが、わたしがお屋敷を出た時から、跡をつけられていた気がします。ですから殿、明後日《あさって》のお出かけはおやめください」

間部が問う。

「殿が狙われると申すか」

「以前のこともございますから、跡をつけられて、おかみさんに目をつけられるのが怖いのです」

お琴を心配しているのがわかった左近は、立ち上がっておこんのそばに行き、頭を下げて懇願する肩にそっと手を差し伸べた。

「そなたが無事でよかった。頭を上げなさい」

顔を上げたおこんは、目を赤くしていた。

悲しそうなおこんに、左近は真顔で告げる。

「攫おうとした者の正体は、この間部が突き止める。それまでは、屋敷におるから心配するな」

間部がうなずくと、おこんはようやく明るい笑みを見せた。

左近も微笑んだ。

「二人とも、下がって休みなさい」

「はい」

元気に応じたおこんは、立ち上がって頭を下げ、真衣を促して部屋に戻った。

途中で、折敷を戻してくると言って別れた真衣は、先に部屋に戻るおこんの背中を見つめて、しくじったのか、と独りごち、悔しそうに舌打ちをした。

六

二日後、真衣は小者に小銭をにぎらせて、大崎介郎に繋《つな》ぎを頼んだ。そして翌日、奥御殿と表御殿を隔《へだ》てる壁にある木戸の前で待っていると、戸をたたく音がした。

「大崎だ」

声に応じて、真衣が戸を開けた。

「お呼び立てして申しわけありません」

「いいさ。手紙だろう」

「はい」

真衣は懐《ふところ》から出して、恐縮しながら渡した。

「両親がわたくしの暮らしを案じておりますから、安心させてあげたいのです」

「さもあろう。和尚に届ければよいのだな」

「いつも甘えてばかりで、申しわけありませぬ」

「遠慮は無用だ。確かに預かった」

優しい大崎に、真衣は深々と頭を下げた。

非番だった大崎は、その足で出かけるべく、藩士たちが使う脇門に向かった。

出ようとしたところで声をかけられて振り向いた大崎は、笑顔で応じた。

「間部様」

左近の側近中の側近に、大崎は頭を下げた。

歩み寄った間部が告げる。

「真衣から預かった手紙を見せてくれ」

いきなりの言葉に、大崎は不思議そうな顔をした。

「ご存じでしたか。両親に宛《あ》てた手紙ですが」

間部は大崎の腕をつかみ、門の端へ寄って小声で告げる。

「先日の湯殿の件を書いておらぬか心配なのだ。そこを確かめたい」

ああ、と納得した大崎は、殿のためならと言い、手紙を渡した。

目を通した間部は、背を向けている大崎の肩をたたいて振り向かせ、微笑んだ。

「それがしの思い過ごしだったようだ。届けてやりなさい」

何も与《あずか》り知らぬ大崎は明るく応じ、出かけていった。

見送った間部は、

「例の物が必要、とは……」

門のそばに立ち、文に記されていた意味を考えていたが、左近に報告するより先に出かけ、小五郎とかえでのもとに急いだ。

二日後、父親からの文が、大崎によって真衣のもとに届けられた。

部屋に戻り、目障《めざわ》りなおこんが近くにいないのを確かめた真衣は、文の封を切って中を確かめた。

父親の文に目を通した真衣は、ゆっくりと閉じ、同封してあった紙の包みを見つめて、ごくりと唾《つば》を呑《の》むと、緊張の鼓動《こどう》を抑えるべく、胸に手を当てて吐息を漏らした。

「次こそは……」

そう独りごち、紙の包みを懐に大事そうにしまった。

おこんがまた実家へ帰る日が来た。先日はゆっくりできなかったため、左近が駕籠《かご》を使うようすすめて、親元に帰してやることになったのだ。

皐月にあいさつに来たおこんが、念押しする。

「明日には戻ります。どうか、真衣殿を一人で殿に近づけないようにお頼みします」

「心配しないで、骨休めをしてきなさい」

こういう時の皐月は、人が違ったように優しい。

おこんは、これが皐月のほんとうの姿ではないかと、近頃はそう思えてきていた。

頭を下げたおこんは、部屋を出て廊下を歩み、裏から出た。待っていた駕籠が立派だったので、おこんはびっくりしたのだが、小姓が乗るよう促しながら告げる。

「先日の怪しい輩が、まだ見つかっておりませぬから」

「わたしなんかが、よろしいのでしょうか」

「殿の思《おぼ》し召《め》しゆえ、遠慮なさらずにどうぞ」

おこんは恐縮しつつも、駕籠に乗った。


物陰から見ていた真衣は、特別扱いされるおこんに嫉妬し、

「見てなさい」

そうつぶやくと、皐月の部屋に向かった。

「真衣です。よろしいでしょうか」

「お入り」

皐月は縫い物をしていた。

真衣は歩み寄って座し、頼まれていた紺《こん》の糸を差し出した。

「これでよろしいでしょうか」

「ええ、ありがとう」

微笑んだ真衣は、縫いかけの布を手に取り、針を使った。

皐月があくびをはじめたのは、程なくだ。

見て見ぬふりをしていた真衣は、皐月が座ったままうたた寝をはじめると、ゆっくり近づき、そっと横にさせた。

父親から送られた眠り薬を入れていた湯呑みを持って部屋を出ると、台所に急いだ。

普段から誰もいない、茶を沸《わ》かすだけの台所で湯呑みを洗った真衣は、左近に茶菓を出す刻限を待った。

「大丈夫。次こそ必ず」

目を閉じて自分に言い聞かせ、意を決した顔で支度にかかる。

おこんが実家に帰っている今日を逃す手はない。

抹茶《まっちゃ》を点《た》て、落雁《らくがん》を皿に移して折敷に載せた真衣は、あたりを見回し、懐から紙の包みを取り出した。

顔をうつむけて廊下を歩んでいた真衣は、背後から何者かに肩をつかまれた。驚いて振り向くと、見知らぬ女が立っている。町人のあいだで流行《はや》っている、珍しくもない色合いの小袖を着た女は、美しい顔立ちなのだが、険しい表情で真衣を睨《にら》んでいる。

「殿に怪しい薬を飲ませて、どうするつもり」

厳しく問われて、真衣は首を激しく横に振る。

「何も入れてなどおりませぬ」

「いかがした」

左近の部屋がある廊下から来た間部が、声をかけてきた。脇には書類を抱えている。

真衣が助けを求めた。

「間部様、お助けください。この曲者《くせもの》が、わたくしが殿に毒を飲ませようとしていると、言いがかりをつけるのです」

間部が真顔で告げる。

「控えよ真衣。身なりは町人だが、殿の特別な家来だ」

真衣は絶句した。

間部が問う。

「かえで殿、何があった」

「この者が、殿に怪しい薬を飲ませようとしております」

「違います」

間部が真衣を見た。

「茶に何を入れた。毒か」

「毒ではありませぬ」

「では、飲んでみよ」

「お許しください。殿のお茶碗に口をつけるなど、おそれ多いことにございます」

「よいから、毒ではないなら、証《あかし》を見せよ」

「毒ではありませぬ」

かえでに言われて、間部がいぶかしげな顔を向ける。

「では、何が入っておるのだ」

「効き目はようわかりませぬが、毒ではないのは確かです」

間部は真衣に目を戻し、改めて問う。

「何が入っている」

「ただの砂糖です」

「砂糖？　茶に砂糖を入れたのか」

「抹茶に入れると、甘くて疲れが取れるのです」

間部は茶碗を手にして見つめた。

「お確かめいただければわかります」

真衣は潤んだ目で、間部に助けを求めるような面持ちをしている。

毒見ができる間部は、かえでが止める間もなく口に含んだ。

「確かに甘い。なかなかの美味だ」

真衣の安堵の表情を見たかえでは、己が間違っていたのかと困惑した。そして間部に問う。

「なんともないのですか」

「うむ。毒ではないのは確かだ」

かえでは真衣から手を離し、頭を下げた。

「疑って申しわけない」

「いえ」

真衣は微笑んで応じ、茶を淹《い》れなおすと言って下がろうとしたが、間部が呼び止めた。

「せっかくだから、全部いただこう」

抹茶を飲み干した間部が、茶碗を折敷に戻して表御殿に歩んでゆく。

真衣は、そんな間部に心配そうな顔を向けていたが、かえでに会釈をして下がった。

かえでは、真衣が来る前に伝えることがあり、左近のもとに向かった。

書類の処理を終えてくつろいでいた左近は、かえでから話を聞いて、腕組みをしながら考えた。

かえでが、竹中家を引っかき回した女は、真衣の姉だと報告したからだ。

真衣は、失意の姉にかわって御家人の父を出世させるために、なんとしても、左近の側室になろうとしていたのだ。

家を思う真衣の気持ちに、左近はどう応えてやればよいか考え、かえでに言う。

「しばらくこのまま仕えさせ、よき縁談を世話するというのはどうだろうか」

「真衣は父親の出世を願う気持ちが強いようですから、幕閣に名を連《つら》ねるほどの相手でなければ、拒《こば》むかもしれませぬ」

「孝行者だな。誰か適当な者がおらぬか、又兵衛に問うてみよう」

廊下に真衣が来たので、左近は口を閉じ、かえでは下がって控えた。

「殿、茶菓にございます」

先ほどの騒ぎを知らぬ左近は、微笑んで応じる。

真衣は礼儀正しい仕草で入り、左近に平伏した。

そこへ間部が来たのだが、何やら様子がおかしい。

「と、殿、わ、忘れ物を、し、しておりまし……た」

こう告げる口調もたどたどしく、酒に酔っているのかと、左近が思ったほどだ。

間部は部屋に入ろうとして、左近に平伏している真衣の後ろ姿に目を向けると、何度も瞬《まばた》きをして、凝視《ぎょうし》した。

普段の間部からは想像もできぬ不躾《ぶしつけ》な態度に、かえではっとした。

平伏していた真衣の尻を見て、好色《こうしょく》そうな笑みを浮かべた間部は、背後から近づいて尻を触ろうとした刹那《せつな》、かえでに手刀《しゅとう》で後ろ首を打たれ、気を失った。

驚いて目をしばたたかせた左近の前で、かえでは真衣の腕をつかんで引き寄せ、殺気を帯《お》びた目で問う。

「茶に何を入れた。正直に言いなさい！」

大声に怯えた真衣は、泣いて白状した。

麝香《じゃこう》に似た、淫気《いんき》を催《もよお》す漢方薬を左近に飲ませて、手をつけさせようとしていたのだ。

気を失っている間部を見た左近は、その効き目に、ごくりと喉を鳴らした。

「お許しください。わたくしは、殿をお慕《した》いしております。どうしても、殿のおそばに置いていただきたかったのです」

「ぬけぬけと……」

「かえで、よい」

真衣の本心を知っている左近は、怒る気にもなれず告げる。

「そなたの気持ちには応えられぬ」

真衣は必死な顔を向けた。

「わたくしはどのようなお咎めもお受けいたします。どうか、父だけはお許しください」

「二度と、妙な真似《まね》をしないか」

「はい。誓っていたしませぬ」

「ならば、誰も咎めぬ。下がりなさい」

真衣は平伏した。

「殿のご温情に感謝いたしまする」

真衣を見送ったかえでは、左近に顔を向けた。口を開こうとした時、

「まことに、お許しになるのですか」

言ったのは、かえでではなく、間部だ。

何ごともなかったかのように起き上がる間部に、かえでは目を見張った。

「真衣の父親が作る薬はよく効くと、近所で評判です。なんともないのですか」

間部は笑う。

「毒見の心得があると申したであろう。真衣に白状させるために、薬が効いたふりをしたまでだ。ただ、殿が飲まれていたら、どうなっていたことか」

間部は、左近に真顔で訴える。

「真衣を牢に入れるべきではないでしょうか」

じっと間部の様子を見ていた左近は、穏やかに告げる。

「真衣を罰すれば、大崎は己を責めるであろう」

「大崎のために、真衣を許されたのですか」

問う間部に、左近はそれだけではないと言い、文机《ふづくえ》に向かい筆を走らせた。

書き終えると、間部に告げる。

「この文を、真衣の父親に届けてくれ」

受け取った間部は、不服を言わずに承諾した。


翌日、左近の文を受け取った真衣の父、大成弥太介《おおなりやたすけ》は恐れおののき、上座の間部に平伏した。

「娘に罪はありませぬ。おこん殿を邪魔に思い、それがしが人を雇いました。決して攫おうとしたわけでも、まして殺そうなどとは露ほども思わず、ただ、お屋敷に戻るなと、脅そうとしたのです」

「あれは、そのほうの仕業《しわざ》だったのか」

「もう二度と、悪さはいたしませぬ。娘にも、重荷を背負わせませぬ。甲州様の思し召しに従い、それがしの薬の知識を、これからは病《やまい》に苦しんでいる人のために活《い》かせるよう、精進《しょうじん》いたしまする」

文の内容を知らぬ間部は驚いた。

「殿は、そのほうに医者になれと書かれていたのか」

「はい」

大成は手にしていた左近の文を差し出した。

目を通した間部は、真衣の尻を触ろうとしていた時のことを思い出し、苦笑した。

「殿には芝居ではなかったと、見抜かれておったか」

「は？」

「いや、なんでもない」

間部は文を返し、座敷に山と積まれた何種類もの薬草を見つめながら、長い息を吐いた。

第二話　闇の狩り

一

「龍造《りゅうぞう》、遠慮せずに食え」

「ありがとうございやす」

龍造親分は、子分たちに向いて顎《あご》で指図する。

「おめえたち、若様が仕留められた獲物だ。ありがたくいただけ」

兄貴分たちは喜んで歩み寄り、各々《おのおの》串を取って齧《かじ》りついた。

龍造が目を合わせてきた。拾ってくれた恩人だが、我欲《がよく》のかたまりのような人物で、目つきがどうにも好きになれない。

「三太《さんた》」

「へい」

「今日は無礼講だ。遠慮するな」

下っ端の三太は、龍造の子分になってまだ一年足らず。兄貴分たちに遠慮して手刀《てがたな》を切って前に進んだ。

開かれた場所で焚《た》かれている火に炙《あぶ》られているのは、猪《いのしし》の肉だ。脂《あぶら》が熾火《おきび》に垂れ、じゅっと音を立てて燃え、香ばしい香りが、若者の食欲をそそる。

三太が串を取ると、兄貴分がぱっと塩をかけてくれた。

「すんません」

「おう」

兄貴分は、脂でてかった口に白い歯を見せ、肉を嚙って目をつむる。

「うめえ」

久しぶりの肉に、三太はごくりと唾《つば》を呑《の》んで嚙りついた。

「うぅん、香ばしさと程よい塩気が肉の甘味を引き立てて、嚙《か》めば嚙むほど口の中に旨味《うまみ》が広がりますね」

どっと笑いが起き、三太ははっと我に返った。

龍造が機嫌よく言う。

「料理屋の息子だけのことはあるな」

三太は不快だったが、おくびにも出さず笑みで応じた。

「その者は料理屋の息子か」

武家の若様が問うと、龍造がへいと応じた。

「上州《じょうしゅう》で名が知れた店の次男坊ですが、悪さが過ぎて追い出され、あっしの島《しま》で暴れてやがったんで、拾ってやりました」

若様が床几《しょうぎ》に腰かけた膝《ひざ》に肘《ひじ》を置いて身を乗り出し、三太に薄笑いを向けた。

「龍造が目をかけるとなると、腕《うで》っ節《ぷし》が強いのか」

親分が答える。

「へい、昨日もいかさまをしてやがった浪人と揉《も》めたんですが、この三太は刀を恐れずたたきのめしやした」

「三太、近う寄れ」

若様に手招きされた三太は、犬のように駆け寄った。

「肉は旨いか」

「へい。そりゃもう」

「国では肉を食べていたのか」

「とと、とんでもねえです」

「さもあろう。お上にばれたら罰を受けるからな。ここは誰も来ぬし、お上に知られることもない。さ、もっと食え」

肉をありがたく受け取った三太は頭を下げ、兄貴分のところに戻って食べた。

若様がため息をついたのを見逃さない龍造が、心配した。

「何かありましたか」

「大ありだ。今日獲《と》った猪が、この森にいる最後の一頭だ。もう狩りはできぬ」

龍造と兄貴分たちは、がっかりした。

三太は食べかけの肉を見つめ、

「こんなに旨い肉が、もういただけないのですか」

残念そうにため息をついた。

「馬鹿、心配はそこじゃねえ」

兄貴分の一人である寅吉《とらきち》に肘で胸を突かれた三太は、慌《あわ》てて頭を下げた。

寅吉が顔を近づけて小声で教える。

「若様は、肉を食うために猪を狩られたんじゃねえぞ。武芸上達のためだ。おれたちは、そのおこぼれを頂戴《ちょうだい》していたってわけだ」

「そのとおりだ」

寅吉の声が聞こえたらしく、若様こと、大熊捨三郎《おおくまずてさぶろう》が声をあげた。

「わたしは、仲間と共にこの森で、獣《けもの》を相手に武芸の稽古《けいこ》をしていた。なぜなら、動かぬ的《まと》をいくら弓矢で射抜《いぬ》いたとて、実際の戦場《いくさば》ではなんの役にも立たぬからだ」

やけに芝居じみた言いぐさが胡散臭《うさんくさ》い。戦なんていつの時代のことだと三太は思ったが、大げさに相槌《あいづち》を打つ親分に倣《なら》って首を縦《たて》に振った。

若様は満足げな顔で見回し、親分に目をとめた。

「そこでお前たちに頼みがある」

龍造が揉《も》み手《で》をして応じる。

「他ならぬ若様のためだ。おまかせください。猪と鹿《しか》を山から引っ張ってくりゃいいんでしょう」

安請《やすう》け合《あ》いして、どうやって捕まえるんだよ。

三太はそう思った。

若様は何も言わずに眉間《みけん》に皺《しわ》を寄せ、親分の肩を抱いて何ごとか告げた。声は三太には聞こえなかったが、応じた親分が振り向く。

「九次《きゅうじ》、来い」

呼ばれて二人についていったのは、一の子分だ。

三太は、残った兄貴分たちと肉を食べ、酒を飲みながら待っていた。

半刻《はんとき》（約一時間）ほどで戻った龍造は、賭場《とば》の儲《もう》けが少ない時に見せるのと同じ険しい顔をして、三太が酒を差し出しても機嫌を直さず、がぶ飲みした。

九次が皆に言う。

「みんなよく聞け。親分は、若様から世直しを頼まれた。明日からはしばらく賭場を閉める」

「そんな……」

「寅吉！　決まったことだ」

九次の尖《とが》った声に、寅吉は背中を丸めて口を閉じた。

「いいかお前ら、これは、賭場で稼がせてくださった若様への、親分の恩返しだ。お上に知られないように、世の中のごみどもを捕らえる。今日はその慰労《いろう》だとよ。食って飲んで楽しめ。仕事は明日からかかるぞ」

兄貴分たちは声を揃《そろ》えて応じ、酒を飲んだ。

三太も寅吉にすすめられ、一合枡《ます》を一息に飲み干した。そして言う。

「兄貴」

「なんだ」

「おれは悪さばかりしていたから、世直しなんて、なんだかこそばゆいですよ」

寅吉は薄い笑みを浮かべた。戸惑っているようにも見える。

「若様が何を考えてらっしゃるかはわからねえが、親分についていくだけだ。相手がどんな悪党か知らねえが、おれは腕が鳴るぜ」

飯よりも喧嘩《けんか》が好きな寅吉らしいと三太は思い、

「なんだか楽しみになってきやした」

こう口にし、肉を頬張《ほおば》った。

「おう、誰か相撲《すもう》の相手をしてくれや」

龍造一家で一番太っている空治《そらじ》が威勢のいい声をあげた。

三太は目を合わせないようにしながら肉を食べていたが、空治につかまった。

「何知らん顔してやがるんだよ」

「勘弁してくださいよ」

「だめだ。やるぞ」

四股《しこ》を踏んだ空治が、地面に両手をついて、かかってくるよう促《うなが》す。

仕方なく着物の両袖《りょうそで》をはずした三太は、向き合って地面に両手をつき、九次のかけ声で立ち合った。

騒ぐやくざどもを母屋《おもや》の廊下から見ていた捨三郎は、ひとつため息をつき、廊下を表に回って座敷の障子を開けた。

集まっていた四人の仲間が、今日の獲物を肴《さかな》に酒を飲んでいる。

捨三郎が入ると、額《ひたい》の中心に小豆《あずき》ほどの大きさのほくろがある男が、杯《さかずき》を差し出してきた。

「どうだった」

受け取った捨三郎は、鋭い目つきの男に微笑《ほほえ》む。

「龍造にはたっぷり稼がせてやっているのだ。断るはずもなかろう」

「では、いよいよだな」

「腕が鳴ります」

そう言ったのは、体格がいい髭面《ひげづら》の仲間だ。瘦《や》せたぎょろ目の侍が、横でうなずいている。

捨三郎は、上屋敷から離れているため誰も来ぬ屋敷で、この四人と暮らしている。家来ではない。酒場で意気投合した無頼者を屋敷で寝泊まりさせた日から、龍造の仕事を手伝わせているのだ。

「肉をくれ」

渡された串をつかみ、肉を嚙みちぎった捨三郎は、味を堪能《たんのう》しながら一点を見つめて考えごとをしていたが、その目の輝きは危うさをはらんでいる。

四人は捨三郎を気にするでもなく車座《くるまざ》になり、狩りの話で盛り上がり、下品な笑い声をあげた。食い散らかした肉の脂で畳が汚れているのに目をとめた捨三郎は、不快そうに舌打ちをしたが、四人は気づいていないようだった。


翌晩、世直しに出向いた三太は、月明かりでちょうちんもいらない道を歩いている男を見ながら、九次に訊《き》いた。

「兄貴、奴は何をやらかしたんですか」

「ああん」

面倒くさそうに応じた九次が、ただのくず野郎だと吐き捨て、寅吉たちに顎をしゃくって、やれと命じた。

寅吉に腕を引っ張られた三太は、路地を走って先回りし、他に人気《ひとけ》がないのを確かめてから、狙う男を見た。

呑気《のんき》そうな顔は悪党には見えなかったが、

「やるぞ」

言うなり走る寅吉に続き、男の前を塞《ふさ》いだ。

「ちょいと兄さん」

「な、なんですか」

声をかけた寅吉に、男は驚いて立ち止まったのだが、うっ、と短く呻《うめ》き、白目をむいてふらついた。

後ろから近づいた空治に、棒で頭を打たれたのだ。

気を失った男を三太が受け止め、横付けされた駕籠《かご》に、寅吉と力を合わせて押し込んだ。

三太がこういうことをするのは二回目だ。

あれは半年前、賭場で暴れて金を奪って逃げた男を見つけて、皆で捕まえて親分の隠れ家に連れていき、袋だたきにした。その男は今、怪我人《けがにん》が絶《た》えない普請《ふしん》場《ば》で、ただ働きをさせている。

今捕らえた男も、同じような人間だと信じて疑わない三太は、仕事を終えた爽《そう》快《かい》な気持ちで夜道を急ぎ、大熊家の抱え屋敷に戻った。

待っていた捨三郎に従って屋敷の奥にある蔵に行き、まだ気を失っている男を放り込んで鍵をかけた。

そこへ龍造が子分を連れて戻り、捨三郎に何か言うと、三太たちがいる蔵の前に来た。

駕籠から担《かつ》ぎ出されたのは、若い女だ。

「兄貴、あれも悪人ですか」

三太の問いに、寅吉は、知るかよ、と吐き捨てた。

「若様が世の中のごみだとおっしゃるんだから、人を騙《だま》す女狐《めぎつね》じゃねえのか」

「なるほど。金持ちじじいが、夢中になりそうな面《つら》をしているものね」

「そういうことだ」

寅吉は笑い、今日は終わりだと言って三太の肩をつかんだ。

「明日の晩も仕事があるってよ。まだ興奮して寝られやしねぇから、ちいと付き合えや。今からおれの部屋で飲もうぜ」

「あい」

「気持ち悪い返事をすんじゃねえ」

頭をたたかれても嬉しい三太は、尻尾《しっぽ》を振る犬のように、寅吉についていった。

二

「大将、左近の旦那は、次はいつ来られるんだい？」

杯を片手に、権八が小五郎に声をかけた。

仕事帰りに、今日は左近がいるかと店に寄ってみたのだが、姿がないのでがっかりし、一人寂しく一杯ひっかけていこうと床几に腰かけたのだ。

煮物を入れた皿を出してくれた小五郎が、口元に笑みを浮かべながら言う。

「近いうちに来られると思いますよ」

「そいつは一昨日《おととい》も聞いたな。やっぱり、おこんちゃんに止められているのかね？」

小五郎は笑って答えない。

権八は酒を飲み、長い息を吐く。

「明日は十日ぶりの休みだというのに、左近の旦那がいなさらないのは退屈だ」

そこへ、およねが来た。

「帰らないと思ったら、やっぱりここにいた」

「まだ座ったばかりだ。一杯ぐらい飲ませろ」

かえでに会釈《えしゃく》をして入った女房に、権八が杯を差し出す。

「おめえも一杯やるか」

「飲めないあたしを酔わせてどうする気だい」

「言ってみただけだ。大将、一杯付き合ってくれ」

寂しがり屋の権八に、小五郎は笑って応じた。

およねが権八の前に腰かけてから口を開く。

「それよりお前さん、宗助《そうすけ》さんがさ、朝になっても帰ってこなかったんだって」

小五郎の返杯《へんぱい》を受けていた権八は、口に運ぶ手を止めた。

「店に泊まったんじゃないのか」

「どうしちまったんだろうね。親に心配かけて」

「人の話を聞いてねえや」

下唇《したくちびる》を出して言った権八は、杯を口に運んだ。

かえでが口を挟んできた。

「鉄瓶長屋《てつびんながや》の宗助さんですか」

およねが応じる。

「そうそう。こんなこと初めてだから、心配になってきましたよ」

酒を飲み干した権八が、ため息まじりにぽつりとつぶやく。

「やっぱり、あの噂《うわさ》はほんとうかもな」

小五郎が問う。

「どんな噂です」

「宗助が松江屋《まつえや》に通っているのは知っているかい？」

「知っていますとも」

「宗助は、年老《お》いた親の面倒を見ながら真面目に働くものだから、あるじの玉《たま》右衛門《えもん》さんに見込まれて、将来は店を持たせてやると言われてたんだが、話が変わっちまって、年が明けたら、乃木屋《のぎや》の娘婿《むすめむこ》になることが決まっていたんだ」

「米屋の、乃木屋ですか」

かえでの問いに、およねが答える。

「そうそう。あそこのあるじ喜八《きはち》さんはね、玉右衛門さんの弟なのよ。宗助さんは優しいし、兄さんが認めた男だから、可愛い一人娘の婿に欲しいって言ったんだって」

「へえ」

感心するかえでと小五郎に、権八が告げる。

「それでとんとん拍子《びょうし》に話がまとまったってわけだが、松江屋と乃木屋が軒《のき》を並べる宇田川町《うだがわちょう》では、いい噂がねぇのよ、乃木屋の娘に」

「どういうこと？」

興味津々《きょうみしんしん》のかえでに、権八は手酌《てじゃく》をした酒を舐《な》めてから答える。

「娘が奔放《ほんぽう》で身持ちが悪いらしくってな、それを知る近所の者たちは、宗助はいつか逃げるんじゃないかって噂してやがるのさ。逃げる逃げないの賭《か》けをする連中もいるほど、娘の評判がよくねえんだ」

「だからって、宗助さんが親を置いて逃げるもんかね」

不服そうに言うおよねに、権八はうなずく。

「おれも思っちゃいねえさ。宗助はそんな薄情もんじゃねえ。玉右衛門さんが火の中に入れと言えば入るような男だからよ、許嫁《いいなずけ》の行儀が少々悪いくらいで、逃げたりするもんか。なんかあったのかもな」

「なんかって、何さ」

「飲めない酒を誰かと飲んで、寝込んでいるとか」

「誰かって、誰さ。まさか女だと言うんじゃないだろうね」

「そりゃおめぇ、若い男だ。婿に入る前に遊んでおこうと思っても不思議じゃねえ」

「宗助さんに限って、そんなことするもんかね。どこかで怪我して、動けなくなってたら大変だよう」

「それだったら、知らせがあるだろうよ」

言った権八が、ふと何かに気づいたような顔になった。

「娘の遊び相手が、攫《さら》ったんじゃ……いや、ないない」

「お前さん、それあるんじゃないのかい。なんだか不安になってきたよ」

権八は酒を飲み、杯を置いた。

「明日は休みだ。今から捜してみる」

「夜は危ないよう」

「心配するな。自身番《じしんばん》に行くだけだ」

権八は店を出ると、宇田川町の自身番に走った。


宗助は、真っ暗な場所で目をさました。目を開けているはずなのに、何も見えない。

真っ暗な部屋の中には、女がすすり泣く声や、ここを開けろと叫ぶ男の声がある。

起き上がると、頭と背中に痛みが走った。後ろ頭を押さえた宗助は、

「ここは、どこですか」

声をあげると、女の泣き声が止まり、開けろと叫んでいた男が静かになった。

男が答える。

「何がなんだかわからない。いきなり頭を何かで打たれて、目をさましたらここにいた」

「わたしもです」

宗助がそう返すと、男は何も言わなかった。

真っ暗で何も見えないと思っていたが、目が慣れてきて、一筋の光があるのに気づいた。手の届かない場所から差し込む斜光《しやこう》の中で、人影が動いたように見えた。一瞬だが、女だとわかり、宗助は目を擦《こす》って見る。

薄暗い奥に、身を寄せ合っている人影がある。それとは反対の暗がりから、別の男の声がした。

「おれたちは、獲物だ」

「どういう意味だ」

奥からした不安そうな声に、男が答える。

「今にわかる。次は、たぶんおれの番だ」

絶望したような声が、獲物の意味を想像させたらしく、訊いた男は何も言わなくなった。他の声もあがらず、聞こえるのは女のすすり泣きだけだ。

錠前《じようまえ》をはずす音がして、戸が開けられた。

宗助は眩《まぶ》しさに目を背《そむ》け、手で遮《さえぎ》った。その時に、ここが蔵の中だとわかり、十数人の男女の姿が目に入った。皆も、明るさに目を隠している。先ほど、次はおれの番だと声がしたほうには、遊び人風の若い男がいて、入ってくる者たちに鋭い目を向けていた。

入ってきた連中は、やくざ風だ。

次はおれだと言った男ではなく、別の男と、若い女が連れていかれた。

助けを求めても、命乞《いのちご》いをしても、やくざ風の連中は顔色ひとつ変えず、無表情のまま淡々《たんたん》と仕事をするように引っ張り出すと、戸を閉めた。

静寂《せいじやく》と闇の中で、宗助は不安になった。

「連れていかれた人たちは、何をされるのですか」

誰にともなく訊くと、横に人が座り、小声を発した。

「女は辱《はずかし》められ、男は弓の的にされる。ここに連れてこられる途中で、悪党どもがそう話しているのを聞いたんだ」

　宗助は、何を言われたのか、すぐには理解できなかった。

「弓の的って、どういうことです」

「だから、狩りの獲物だよ。殺されるのさ」

「ここ、殺されるですって」

　蔵の中が一瞬静まり返ったが、すぐに女がいやだと叫び、男が戸をたたいて騒ぎ出した。

「助けてくれ！　おれはまだ死にたくない！」

　宗助も行こうとすると、着物をつかんで止められた。

「やめておけ。誰も来やしないから、腹が減るだけだ」

　男に身体を触られた宗助は、手を振り払った。

「やめてください」

「お前さん、背が高くて体格がいいな。普段は何をしている」

「米問屋で働いています。重い米を運びますから、力には自信があります」

「その力持ちが、どうしてやくざに負けたのだ」

「負けたんじゃありませんよ。お得意様に誘われて、飲めない酒に付き合ってから長屋に帰っていたはずなんですが、頭をたたかれて目をさましたら、柄《がら》の悪そうな人たちに囲まれていたんです。立とうとしたら、今度は後ろ頭を何かで打たれて、気がついたらここにいました」

「おれも同じだ。どうせ、酔って道端で寝ていたんだろう」

「前にも、気づいたら家じゃなかったことがありますから、そうかもしれません」

「飲めない酒に付き合ったのが、運の尽きさ」

「お得意様に誘われたら、断れませんよ。そう言うあなたは、どうして捕まったのですか」

「酒を浴びるほど飲んで、気持ちよく寝てたのさ」

「自慢することじゃないと思いますけど」

男は笑った。

「おれは寛太《かんた》だ。お前さんは」

「宗助です」

「どうだ宗助、おれと力を合わせて、逃げないか」

遠慮のない態度に、宗助は頼もしさを感じた。

「相手はやくざですか」

「たぶんな」

「どうやって逃げるのです」

「次に奴らが来た時、お前さんの怪力で刃物を奪え。おれは剣術ができるから、斬って逃げる」

この声に、皆が助けを求めて集まってくる。

「わたしたちも仲間に加えてくれ」

「みんなで逃げましょう」

「この中に役人はいないか」

寛太の問いに返事をする者はいない。

「お前たちも、一緒に闘うんだな」

急に潮《しお》が引くように離れる気配に、寛太は舌打ちをして、宗助の袖を引いた。

「お前さんはどうなんだ。体格がいいが、ほんとうに米屋か。実はご公儀のお役人じゃないのかい」

「そのような者ではありません。八歳の時から米問屋で働いています」

「そうかい。で、やるのか」

「力には自信があっても、人を殴ったことなんてありませんから……」

「そんなことを言っている場合か」

「でも……」

「でもじゃねえ。いいか、何もしなけりゃ、殺されるんだぞ」

宗助は恐ろしくて、手が震えていた。

「うまくやれる自信がないんです」

「ここにいる者たちは、みんな腰抜けだ。強い者に狩られる鹿や猪とおんなじだ。おれは一人でもやるぜ。許嫁のためにも、こんなところで殺されてたまるか。必ず生きてここを出る」

「許嫁……」

「おう。惚《ほ》れた女を泣かせるもんか」

今の言葉で、宗助は乃木屋の娘、穂乃《ほの》のことが頭に浮かんだ。

寛太の言うとおりだ。このまま殺されてたまるか。

「実は、わたしも祝言《しゅうげん》が決まっているんです。こんなところで死ぬわけにはまいりません」

「ではやるんだな」

寛太に肩をつかまれて、宗助はやると応《こた》えた。

「ようし、次に来た時だ。いいな」

「はい」

三

桜田の屋敷から戻った小五郎は、かえでと一緒に宗助を捜していた。

左近から、大工の手配をしてくれた権八を酒に誘いたいと言われて、宗助の話を伝えたところ、手伝うよう命じられたのだ。

かえでが、米問屋を出た宗助の足取りを調べたところ、通いの番頭と二人で得意先の主人に酒に誘われ、飲めない酒を飲んでいたことがわかった。送っていくと言う番頭の申し出を断り、一人で帰った宗助が、酔って柳の木にもたれかかって眠っていたのを見たという者がおり、小五郎はかえでの案内でその場所に来た。

かえでが案内したのは、増上寺《ぞうじょうじ》の門前を過ぎた、昼間でも人通りが少ない場所だった。

「飲んでいた店から長屋に帰るには、逆方向ではないか」

かえでが小五郎にうなずく。

「見た者が言いますには、ここで木にもたれかかっていたそうです」

柳の根元にしゃがんだ小五郎は、石を積まれた川岸から、新堀川《しんぼりがわ》を見ながら口を開く。

「飲めない酒に酔って立ち上がった拍子にふらついて、ここから落ちたのではないだろうか」

「それも考えられます」

かえでは、厳しい顔で川岸に立ち、川下に目を向けた。

すると、走ってくる権八の姿に気づいて、かえでが声をかけた。

権八が驚いた顔で足を止め、大声で告げた。

「たった今、海で死人が見つかったという知らせが自身番から来たから、親のかわりに見に行くところだ」

足が悪い両親に頼まれたのだろう。

先を急ぐ権八を、小五郎たちは追った。

金杉橋《かなすぎばし》の袂《たもと》を横切り、新堀川の河口に行くと、多くの船が集まる岸に、人だかりと町役人《ちょうやくにん》の姿があった。

若い男女の心中だと野次馬たちが言っているのを聞いた権八が、小五郎に振り向く。

「宗助に相惚《あいぼ》れの女がいたんじゃ」

不安そうに言った権八は、野次馬をかき分けて前に行く。

小五郎とかえでも続いた。

縄をかけて引き上げられたばかりの骸《むくろ》は、宗助ではなかった。

「ああ、違う」

安堵《あんど》した権八が、その場に座り込んで大きな息をした。

「手を赤い紐《ひも》で結んでいるところを見ると、心中だな」

町役人たちの声が、小五郎の耳に届いた。

小五郎は、男の骸に注目していた。血の気がまったくない顔を空に向けている
骸は、目を開けたままだ。女のほうは、険しい表情に見えた。

「相惚れで心中する者が、あのように苦しみに満ちた顔をするだろうか」

ふと漏らした言葉に応じたかえでが、骸に注目した。

しかし、筵《むしろ》をかけられて見えなくなってしまう。

「どいてくれ、通してくれ」

見物人たちに声をかけて駆けつけたのが、南町《みなみまち》の同心《どうしん》、磯方万介《いそかたまんすけ》だと気づいた小五郎は、歩み寄った。

「磯方の旦那」

顔を向けた磯方は、驚いて立ち止まった。

「おお、煮売り屋の大将じゃないか。こんなところで何をしている。まさか、ここまで見物に来たのかい」

「いいえ、いなくなった知り合いを捜していたところで、今来たばかりです。万が一にもないとは思いますが、一応、仏さんの顔を拝《おが》ませていただけませんでしょうか」

権八が、別人だったと言いそうになる口を制し、小五郎は恐縮しながら頭を下げる。

磯方は快諾《かいだく》した。

「いいぜ。来な」

「へい、おそれいります」

小五郎は骸の横に片膝をつき、手を合わせた。

役人が筵をめくり、磯方がどうだと問う。

「実を言いますと、わたしは顔をよく覚えておりやせん。背中に大きなほくろがあると聞いていますんで、見てもいいですか」

「構わねえよ。おい、見せてやりな」

応じた役人が骸をうつ伏せにして、着物の両肩をはずした。

着物は前も後ろも傷はなかったが、骸の背中には、小さな丸い傷があった。矢が刺さり、鏃《やじり》を残して折られていたのだ。

磯方が小五郎をどかせた。

「なんだ、この傷は」

「弓矢ではないでしょうか」

小五郎が言うと、磯方は脇差を抜き、切っ先で傷口を調べた。

「確かに、それらしき物が残っているな。大将、どうして弓矢だとわかった」

「素人《しろうと》の勘というやつです」

「いい目をしているな」

磯方が笑い、すぐに険しい顔を骸に向けた。

「殺しってわけだ。しかも、弓矢となると、相手は厄介《やっかい》だぞ」

自分に言い聞かせるようにつぶやいて顔をしかめた磯方は、小五郎に問う。

「大将が捜していたのは、どこの誰だい」

「鉄瓶長屋の、宗助さんです」

「初めて聞く名だが、いつからいないんだ」

「一昨日の夜からです」

答えたのは権八だ。

「旦那、険しいお顔をされておりやすが、この仏さんと宗助がいなくなったことに、繋《つな》がりがあるので？」

「まだそうとは限らぬが、近頃神隠しに遭《あ》う者が増えているのは確かだ」

「神隠しですって？　このあたりでですか」

「いいや、江戸中でだ。町方の男女問わずだが、歳は三十までと決まっている。この仏のように、若い者ばかりだ」

権八は小五郎に、不安そうな顔を向けた。

攫う者は、住処《すみか》がわからぬようにするため江戸中から攫っているのではないかと考えていた小五郎は、磯方に言う。

「宗助さんを捜す手がかりにしたいので、一連の神隠しが起きた場所を教えてもらえませんか」

「それは構わんが、この仏が攫われた者であれば、下手人《げしゅにん》は武家だぞ」

心配する磯方に、権八が胸を張る。

「あっしらには、左近の旦那という強い味方がついてますから」

左近の正体は知らずとも、悪党を退治するのを知っている磯方は、納得してうなずく。

「そういえばそうだったな」

むしろ喜んだ磯方は、折り畳《たた》んだ紙を懐《ふところ》から取り出し、小五郎に広げて見せた。

名前と場所が書かれている。

「こんなに」

「わかっているだけでも、二十人だ。この仏の名があるかどうかは、これから調べる。書き写すか」

「いえ、覚えました」

磯方は小五郎に目を見張った。

「今のあいだに覚えたのか」

「商売柄、一度見たお顔を忘れないようにしていたら、自然と身につきました」

大嘘《おおうそ》だが、磯方は信じて感心した。

戻った小五郎から話を聞いた左近は、庭の銀杏《いちょう》に目を向けた。たった今、残っていた一枚が落ちたからだ。

「話を聞く限り、何者かが人を攫い、弓の的にしているとしか思えぬ。おなごも、弓でやられていたのか」

「いえ。その後の調べで、腹にいくつも殴られた痕《あと》があったそうですから、臓腑《ぞうふ》が破裂したものかと」

「むごいことをする。人を人とも思わぬ所業を、許すわけにはいかぬぞ」

「これより、特に攫われた者が多い町を調べます」

「悪事を働く者は、己の拠点より離れた場所から攫《さろ》うているのではないだろうか」

左近がそう告げると、小五郎は広げていた江戸城下の絵図を見なおした。

「攫われた者が少ないのは、本所《ほんじょ》と深川《ふかがわ》です。おっしゃるとおりに、そちらから当たります」

左近はうなずき、下がる小五郎を見送ると、庭に出た。

近づく足音に振り向くと、真衣だった。

微笑んだ真衣は、頭を下げて告げる。

「お茶が入りました」

「うむ」

先日の一件以来、真衣は父親が許されたことを感謝し、こころを入れ替えて真面目に奉公している。

左近が縁側に戻ると、茶菓《さか》を載せた折敷《おしき》を置いて待っているおこんと真衣は顔を見合わせ、年頃の娘らしく微笑み合った。二人はあれ以来、うまくやっているようだ。

おこんが訊く。

「どちらでお召し上がりになられますか」

「ここでいただこう」

濡《ぬ》れ縁《えん》に腰かける左近に応じたおこんが、湯呑《ゆの》みと菓子を横に置いた。

一口飲んだ左近は、ほのかに甘さを感じる茶に一息つき、小五郎が知らせてきたことに思いをめぐらせていた。

「何か、心配ごとですか」

おこんに顔を向けると、案じる面持《おもも》ちをしている。

真衣は、おこんに不安そうな顔を向けている。またいつものように、左近に遠慮なく物を言うのではないかと思っているらしい。

そんな真衣の心配をよそに、おこんは口を開く。

「殿、町の厄介ごとにこころを砕《くだ》いてらっしゃる時のお顔になっておられますよ」

左近は驚いた。

「そう見えるか」

「はい」

きっとそうでしょう、という表情を向けるおこんに、左近は真顔でうなずく。

「権八とおよねと同じ長屋に暮らしている若者が、突然いなくなったのだ。江戸市中では、神隠しが起きているらしい」

人が殺されている疑いがあるとは、言わなかった。

おこんは言う。

「おかみさん、大丈夫でしょうか。夜はお一人にされないほうが……」

言ってからしまったと思ったのか、口を閉じた。

左近がうなずく。

「やはりそう思うか。うむ、では、今夜からしばらく泊まるとしよう」

「殿、何とぞ、危ないことに首を突っ込まないとお約束ください」

両手をつくおこんに、左近は真顔で応じる。

「お琴を守るだけだ。外は危ないゆえ、こたびは留守番をしてくれ」

茶を飲み干して礼を言った左近は、着替えに行こうとしたのだが、折悪《おりあ》しく、書類を抱えた間部が来た。

「殿、遅れている村の復興を速めるために、急ぎお目を通していただきたき儀がございます」

そう言われては、出るわけにはいかぬ。

応じて座敷に入ろうとした左近に、おこんが言う。

「わたしがお琴様のおそばに行きます」

左近が答える前に、間部が口を挟む。

「お琴様は、小五郎殿の配下が守っておる。殿のお世話をいたせ」

「はぁい」

「返事が悪い」

言ったのは、廊下から来た皐月だ。

背中を丸めるおこんを見つつ座した皐月が、左近に両手をつく。

「明後日《あさって》は総登城の日でございますから、ご辛抱《しんぼう》を、と、又兵衛殿がおっしゃっておられます」

自分で言えばいいだろうにと一瞬思ったが、又兵衛は表御殿の差配で忙しく、なかなか来られないのだと思いなおした左近は、皐月に告げる。

「わかったと、又兵衛に伝えてくれ」

「承知いたしました」

口元に笑みを浮かべた皐月は、おこんと真衣を連れて下がった。

「奥御殿が、前にも増してにぎやかになりましたね」

間部に言われた左近は、

「三島屋でゆっくりしたい」

ぼそりと本音を漏らして、書類に目を通した。

四

連れていかれた者はどうなったのか話している時、鍵をはずす音がした。

宗助は寛太と急ぎ戸口に行き、左右に分かれて待ち構えた。緊張で手が震え、喉《のど》がからからだ。

奥にいる者たちは息を殺している。

戸が開けられ、外の明るさに目を隠す者や、顔を背ける者がいる。

「飯だぜ」

そう言って先に入った若いやくざが、宗助たちに気づかず奥へ行く。

続いて入った年嵩《としかさ》のやくざに、宗助はわっと声をあげて突進した。

体格がいい宗助に飛ばされた年嵩のやくざは、何しやがると叫んで起き上がろうとしたが、顔を殴られて気絶した。

「寅吉兄《あに》い！」

若いやくざが叫んで助けようとしたが、宗助が肩から突進して突き飛ばした。

寛太が寅吉から長脇差を奪って抜き、外へ出た。

「誰もいない。逃げるなら今だ」

若いやくざを気絶させた宗助が応じて、皆を外へ促す。そして最後に出ると、先に出た者たちはしゃがんでいた。

寛太はというと、太ったやくざと対峙《たいじ》し、奪った長脇差を構えている。

「どけ！　どきやがれ！」

寛太は刀を向けているが、宗助の目から見ても腰が引けている。いくら剣術ができても、いざ人を斬るとなると、怖いのだ。

いっぽうの太ったやくざは、薄ら笑いを浮かべて余裕綽々《よゆうしゃくしゃく》だ。

まずいぞこれは。

宗助がそう思った刹那《せつな》、勝負がついた。

寛太が斬りかかったのだが、太ったやくざが手首を受け止め、腹を拳《こぶし》で突いたのだ。

両足が浮くほどの鉄拳に、寛太は刀を落として腹を押さえ、悶絶《もんぜつ》した。

「ここで死にたくなかったら、中に入れ！」

威喝《いかつ》したのは、やくざたちの親分だ。

浪人らしき男が刀を抜くのを見て、外に出ていた者たちは恐れて蔵に逃げ込んだ。

寛太が殺されると思った宗助は、考えるより先に身体が動いていた。

行く手を阻《はば》むやくざの一人を突き飛ばし、寛太にしがみついて揺すった。

「起きてください！」

寛太は眉間に皺を寄せた。息ができないのか、呻いて苦しんでいる。

宗助の目の前に、ぎらりと不気味な刀が突き出された。驚いて顔を上げると、髭面の浪人が、黄ばんだ乱杭歯《らんぐいば》を見せた。そして、蔵から出てきたやくざの子分に、じろりと鋭い目を向けて問う。

「てめぇら、油断しやがったな。おい寅吉、その面《つら》は誰にやられた」

鼻血で汚れた顔を隠した寅吉が、宗助を指差した。

髭面の浪人が、宗助を睨《にら》む。

斬られると思った宗助が下を向くと、浪人は刀を引いた。

「なかなか骨のある奴だ。親分、こいつとそいつを連れていけ」

へいと応じた龍造が寛太を立たせ、宗助は太ったやくざともう一人に両腕をつかまれ、歩かされた。

連れていかれたのは、竹垣《たけがき》で囲まれた場所だ。

何もない土の上に寛太と並んで立たされた宗助は、髭面の浪人から木刀を投げられ、受け取った。

寛太も受け取り、何がはじまるのかという顔を宗助に向ける。

やくざたちが去っていくのを目で追った宗助が、浪人を見る。すると浪人は、にやついた顔で言う。

「その戸の向こうにいる者たちを助けて逃げろ。太鼓《たいこ》が鳴れば、賭けがはじまる。それまでにできるだけ遠くに行かねば、命はないと思え」

「何をするつもりですか」

「狩りだ」

「わたしたちを、殺すのですか」

「こうしているあいだも時は迫っている。死にたくなければ早く行け。お前たちなら、逃げ切れるかもな」

浪人は背を向けた。

「待ってください。こんなの、お上が許すはずない」

浪人は肩越しに非情の薄ら笑いを見せてから立ち去った。

「ここから逃げるぞ」

寛太に腕をつかまれた宗助は、うなずいて行動を起こした。

戸を開けた宗助は、目を見張った。女が五人と男が五人、両手を縛られ、柱に繋がれていたからだ。

自分と同じ年頃の男女を自由にしたところで、別の戸が開けられた。開けた者の姿は見えないが、外に森がある。

宗助は、寛太と共に皆を促し、囲いから出た。

森の細い一本道の先は、生《お》い茂る木々によって暗い。

それでも宗助は、先頭に立って先を急いだ。親のため、許嫁のために、生きて帰ると決めているからだ。

「ここはどこの山だ」

寛太の問いに、皆不安そうな顔を横に振ってついてくる。

舌打ちした寛太が宗助に言う。

「道を歩いていたら見つかるぞ」

「わかっています。でも、太鼓が鳴る前に少しでも離れないと」

「それもそうか」

後ろにいる者たちに急げと言った寛太は、宗助の背中を押してきた。

小走りをはじめた宗助が、木々の切れ目に顔を向けた。だが、その先にも雑木があり、森の外の様子はうかがえない。

どこかの山だと思い込んでいる宗助たちは、江戸に戻ろうと言い、雑木林の中を進む。

程なく、遠くの背後から太鼓の音がした。

どん、どん、どん。

三度ほど打たれた太鼓は、狩りのはじまりを告げる不気味な音だ。

女たちは恐れて泣きだし、男たちは焦《あせ》りながら、我先にと走りはじめた。

一人の女が松の根に足をひっかけて、顔から転んだ。

他の女たちは助けるでもなく、さっさと逃げていく。

宗助は見かねて引き返し、手を差し伸べた。

すみませんとあやまる女の手を取って立たせてやると、頬を擦《す》りむいていた。

「足は大丈夫かい」

「はい」

女は頭を下げると、歩きはじめた。

しばらく行くと、皆が止まっていた。獣道《けものみち》の行く手を、竹垣で塞がれていたからだ。

寛太が宗助に問う。

「どっちに行く」

宗助はあたりを見た。

竹垣は左右に延びており、この場所から移動するには、竹垣に沿って道なき山をのぼるか、くだるしかない。

「上へ行きましょう」

「山がどこまで深いかわからないのに、のぼるのか」

「見てください。下へ向かって、いくつも足跡があります」

宗助が指差す地面には、落ち葉が乾《かわ》いた部分と湿った部分があり、人が何人も歩いた足跡のように見える。

山をのぼるほうには、それがなかった。

「みんな、逃げるためにここからくだったに違いないのです」

宗助が出した答えに、寛太は眉間に皺を寄せて言う。

「逃げ切ったかもしれないぞ」

「そうでしょうか。この竹垣は、あの人たちが作ったはずですから、下へ向かわせるための罠《わな》ではないでしょうか。待ち伏せしているかもしれません」

寛太は感心した。

「なるほど、頭がいいじゃねえか」

「まだ安心はできませんよ。これはわたしの思い込みですから、一か八かの賭けみたいなものです」

「おれはお前の考えに乗った。上に行くぜ。他の者はどうする」

寛太が問うと、二人の男が告げた。

「わたしたちは下へ逃げます。今ならまだ、追いつかれないでしょうから」

「勝手にしろ」

寛太は気にせず、宗助を促して山をのぼった。

三人の女がくだりを選び、転んだ女ともう一人は、宗助についてきた。

三人の男はどうするか迷っていたが、下を選んだ。

宗助と寛太は、二人の女の手を引っ張ってのぼった。頂上は意外にすぐそこで、てっぺんに立っても、山が低いせいか景色は見えなかった。

森の下から女の悲鳴が聞こえたのは、その時だ。

「お前さんの読みが当たったようだぜ」

寛太が言い、転んだ女が耳を塞いでしゃがんだ。

「先を急ぐぞ」

寛太の声が耳に入らない女は、立とうとしない。

宗助は腕を引いて励《はげ》まし、二人の女を連れて道なき道をくだった。だが、またもや行く手が竹垣で阻まれた。

越えられない高さの竹垣に取りついた宗助は、隙間《すきま》から向こうを見たが、茂みばかりで何も見えない。

寛太が竹垣を蹴って悔しがった。

「どの道、下へ行くよう細工されているじゃねえか」

「どうします」

問う宗助に、寛太が唾を吐いて言う。

「行くしかないだろう。こうなったら、おれたちが先に相手を見つけて倒すしか、生きる道はない」

覚悟を決めた宗助は、木刀をにぎる右手に力を込めて応じた。

二人の女を守りながら、来た道とは別の茂みを選び、身をかがめて、音を立てないよう慎重に戻った。

山をのぼりきって一旦止まってあたりを探り、寛太が先頭に立ってくだってゆく。

宗助は、女たちを促して続いた。

頬を擦りむいている女が、赤い着物を着ている女の手を取って行こうとした時、赤い着物の女の肩に弓矢が突き刺さった。

悲鳴を聞いて振り向いた宗助は、倒れた女を助けに行こうとしたが、寛太に腕をつかまれた。

「女は足手まといだ。置いて逃げるぞ」

「何を言っているのです」

宗助は腕を払って助けに行こうとしたが、目の前を弓矢が飛び、木に突き刺さった。飛んできたほうを見ると、二人の侍が茂みの中におり、矢を番《つが》えようとしている。

宗助は茂みに伏せて隠れ、這《は》って逃げた。寛太と共に銀杏の大木の裏に身を隠し、幹からそっと顔を出して見る。すると、茂みを分けて進んできた二人の侍の片方が、赤い着物の女の首に手を当てて生死を確かめ、脇差で胸を刺して息の根を止めた。

そばで腰を抜かしている女は、恐怖のあまり後ずさった。

その際に着物の裾《すそ》がはだけて足が露《あら》わになったのを見たもう一人の侍が、舌なめずりをして刀を抜き、股のあいだに突き立てた。

着物を刺されて動けなくなった女が、恐怖に見開いた目を侍に向けている。

辱められると思った宗助が、木刀をにぎって助けに行こうとした時、股のあいだから刀を抜いた侍が、片手で横に一閃《いっせん》した。それは一瞬の出来事だった。喉から血がほとばしった女は、目を開けたまま絶命した。

「ふん、薄汚い女郎《じょろう》め。股を広げて、おれに色目を使いおった」

斬った侍が口汚く罵《ののし》ると、もう一人の侍が脇差を納《おさ》めながら笑った。

「危うくその気になって、悪い病気を移されるところだったな」

隠れて二人の声を聞いていた寛太が、宗助に小声でささやく。

「おれもごみだと言われた男だが、どうやら女も、命をかけてまで助ける価値はなかったようだぜ」

「そんな……」

「まあ聞け。大事なのは、生きて江戸に帰ることだ。許嫁を泣かせたくなければ、他の者に構うな。おれたちだけで逃げるんだ」

「男どもは逃げたか」

侍の声に口を閉じた寛太が、向こうに逃げようと手振りで示した。

応じた宗助は、そっと銀杏から離れ、茂みの中に入った。

少し進んだところで、寛太がしゃがみ込み、蔓《つる》を二本持って結びはじめた。

「何をしているのです」

「おれは田舎者《いなかもの》でよ、がきの頃は山に入って、こうして罠を仕掛けて遊んでいたのさ」

見ていろ、とつぶやき、別のところにも罠を仕掛けながら進み、木陰に隠れた。

がさがさと茂みを分けて進む侍が、罠のほうへ来ると、あっと声をあげた。

「どうした！」

もう一人が叫んで来る。

罠に嵌《は》まった侍は、足首を押さえて呻いていた。

「こいつにやられた」

足を取られた輪の蔓には、よく見ると鋭い棘《とげ》がある。その棘が深く突き刺さり、足首から血が出ていた。

刃物で切ろうにも、引っかかった力で締まるように結ばれており、あいだに入れられない。

「早く切ってくれ」

「待て」

仲間がなんとか蔓を切ろうとしているあいだに離れた宗助は、寛太の知恵に感心した。

「子供の頃に、ほんとうにあんなことして遊んでいたのですか」

「貧乏で、毎日腹を空かせていたからよ、山の獲物を獲っていたのさ。もっとも、猪や鹿は蔓を切られてしまうから、兎《うさぎ》や狸《たぬき》ばかりで、家族十人で分けたら、一口で終わりだった」

この窮地《きゅうち》に笑う余裕がある寛太は凄《すご》い。

宗助はそう思った。

しばらく歩いていると、分かれて逃げた男の一人が倒れていた。背中に矢が突き刺さっていて、息絶《いきた》えていた。

「野郎……」

寛太は不快そうな声を出し、怒りに満ちた顔であたりを探った。

森の奥で女の悲鳴がしたのはその時だ。

「こっちだ」

寛太は、迷わず悲鳴がした方向とは違う茂みに進み、斜面を一気に滑り下りた。

宗助も滑り下り、寛太に続いて茂みを進むと、突然前が開けた。目の前には高い土塀《どべい》があり、左右を見ると、どこまでも続いている。

「ちくしょう！」

悔しがる寛太に、わけがわからない宗助が問う。

「どうしたのです」

「わからないのか。おれたちが逃げたのは山なんかじゃない。ここは、武家屋敷の中だ」

「えっ！　そんな、嘘だ。この壁の向こうが武家屋敷でしょう」

「違う、よく見ろ」

寛太が指差す右手の先には竹垣があり、その先には、門の屋根らしき物があった。

「ここまで逃げたのは、おめえたち二人だけだ」

背後の声に宗助が振り向くと、やくざの親分が子分たちを連れて茂みから出てきた。

親分は白い歯を見せ、

「てえしたもんだ」

などと言い、槍《やり》を持った子分たちに囲ませた。

親分が告げる。

「今日はここまでだ。逃げられやしねぇからあきらめて来な。蔵に帰《け》えるぞ」

「どけ」

寛太が叫んで、木刀を振り回して逃げようとしたが、太ったやくざに槍の石突《いしづき》で背中を突かれ、取り押さえられた。

放せと抗《あらが》う寛太だが、顔を殴られて気絶した。

「頼むから、言うことを聞いてくれよ」

背後にいた若いやくざから小声で言われた宗助は、恐ろしさのあまり木刀を捨てた。

その若いやくざは、親分から三太と呼ばれて顎で指図され、応じて宗助の腕をつかんできた。

「どうする気です」

宗助が腕を引いて小声で訊くと、若いやくざは顔をしかめた。

「いいから来い。殺されやしないから」

宗助は不安だったが、嘘を言っているようには見えなかったのでついて歩いた。

今日までいた蔵とは別の蔵に連れていかれた。そこには誰もおらず、寛太と二人で入れられ、子分が飯と酒を持ってきた。

「まあ飲め」

親分が酒を注いだ湯呑みを寛太に差し出す。

宗助は、若いやくざから湯呑みを差し出されたが、かぶりを振った。

「酒が飲めないのです」

「酒に酔って寝ていたじゃねえか」

「だから、あなた方に攫われたんだ」

宗助の答えに笑ったやくざは、酒のかわりに、水が入った竹筒《たけづつ》を渡してくれた。

寛太は、酒を注がれた湯呑みを口に運んだ。

親分が宗助と寛太を順に見て、機嫌よく告げる。

「次もうまく逃げてくれ。でなけりゃ、儲けられねぇからよう」

寛太が親分を睨みつけながら問う。

「儲けとはどういうことだ」

親分は子分が差し出した湯呑みを受け取り、旨そうに飲み干した。そして、寛太に注いでやりながら、じっと目を見つめて告げる。

「おめえたちが土塀まで逃げられるかどうか、賭けをしていたのさ」

口元に浮かべた笑みが、宗助は恐ろしいと思った。

寛太はますます腹を立てたらしく、親分を恐れず問う。

「またやらされるのか」

答えない親分は、おもしろくもなさそうな顔をして、出ていってしまった。

「答えろよ！」

寛太が叫んだが、子分たちも答えない。

宗助は三太を見た。

すると三太は、気の毒そうな顔をしていたが、他の子分と共に蔵から出ていき、戸を閉めて鍵をかけた。

蠟燭《ろうそく》を置いていったため、真っ暗にはならなかった。それだけでも、宗助にとっては救いだった。

塩むすびを頰張り、水で流し込む。

「よく食えるな」

寛太に言われて、宗助は微笑む。

「次があるなら、腹ごしらえをしておかないと。土塀まで逃げれば殺されないんですから、助けが来るまで生き続けてやりますよ」

「めでたい野郎だ。ここは武家屋敷だぞ。助けなんて来るもんか」

「望みを捨てないでくださいよ。二人なら、次もきっとうまくやれます。こんなところで、死んでたまるもんですか」

宗助がむすびを差し出すと、寛太は受け取り、笑った。

「ようし、やってやろうじゃねえか。門の場所もわかったことだし、次は竹垣をぶっ壊して逃げるぞ」

「はい」

宗助はもうひとつ腹に納め、眠れる時に寝ようと言って横になった。

五

賭場を開いていた中間部屋《ちゅうげん》に戻った三太は、兄貴分たちと車座になって酒を飲んだ。

明るかった兄貴分たちが、近頃は人が変わったように口数が少なく、しかめっ面をしている。

九次と母屋から戻ってきた親分は、賭場の帳場にあぐらをかき、不機嫌な息を吐いた。

賭けに勝って五百両もの大金をもらったはずなのに不機嫌なわけは、三太も知っている。

闇の狩りと若様が名づけた人殺しは、今日で三度目だ。

前の二回は侍たちが獲物を全滅させ、親分は賭場での儲けをすべて持っていかれていた。それが五百両だから、取り戻しただけで、一文の得にもなっていない。

それどころか、したくもない人攫いをさせられ、罪のない者たちが目の前で殺されても、いやとは言えない親分は、自分に腹を立てているのだ。

寛太と宗助が侍の足を傷つけて土塀まで逃げ切った時、親分は手をたたいて喜んだ。それは金が戻ってくるからではなく、生き延びたからに違いないと、三太は思っている。

「親分、もうやめましょう」

静寂を破ったのは、三太の横にいた寅吉だった。

龍造がじろりと目を向ける。

「今、なんと言いやがった」

三太は腕をつかんで止めようとしたが、寅吉は振り払って立ち上がった。

「こんなのは、親分らしくないです。あいつらは普通じゃないですよ。遊びで人殺しの片棒を担ぐのは、もうやめましょうよ」

「寅吉、それ以上言うな」

凄みを利かせたのは九次だ。

だが寅吉はやめなかった。

「親分、こんなところとはおさらばしましょう。賭場を貸してくれる武家は他にもいますから」

龍造が何か言おうとして、息を呑んだ。

「若様……」

入ってきた捨三郎は、青い顔をしている寅吉を一瞥《いちべつ》し、龍造に無表情な顔を向けた。

龍造が引きつった笑みを浮かべて言う。

「若様、こんなところにいらっしゃらなくても、呼んでくださったらあっしが行きましたのに」

「いいさ。わたしも使いっぱしりだ」

「そんな、ここは若様の屋敷じゃないですか」

「ふん、まあいい。それより、生き残った二人はどうしている」

「へい。言われたとおりに、酒と飯を出しやした」

「あの者たちは、強運の持ち主であるな。次は必ず仕留めると、あ奴らは息巻いておるぞ。死人を始末して、新しい獲物を連れてまいれ」

龍造は遠慮がちに言う。

「若様、もういけませんや。町では神隠しだと騒ぎはじめ、町奉行所の目も厳しくなっております。そろそろ、潮時《しおどき》ではないかと思うのですが」

「わたしもそう思うのだが、あの二人を仕留めるまでは続ける」

「どうして……」

「龍造」

その先を言わせぬ捨三郎に、龍造はへいと応じる。

「決めるのはわたしだ。言われたとおりにしろ」

「承知しやした」

「三十人ばかり攫うてまいれ」

「そ、そんなに」

「できぬなら、無理にとは言わぬぞ」

恐ろしい目を向けられ、龍造は応じた。

捨三郎が出ていくと、寅吉が親分に詰め寄った。

「三十人なんて無理です」

「いいから、黙って言われたとおりにしろ」

「若様もおかしいですよ。どうしてあんな奴らの言いなりになるんです」

「黙れ！」

一喝《いっかつ》されて、寅吉は顔を真っ赤にして出ていった。

「兄貴！」

追おうとした三太に、親分が怒鳴る。

「ほっとけ！」

「でも親分」

「いいから座ってろ！」

それでも三太は追って出ようとしたが、空治に腕をつかまれた。

「すぐに戻ってくるから、おとなしく座ってろ」

腕を引かれた三太は、あぐらをかいた。

外から悲鳴がしたのはその時だ。

「兄貴！」

寅吉の声に違いないと思った三太は、誰よりも先に飛び出した。

夕日に照らされた庭に、寅吉が倒れている。その傍《かたわ》らには、懐紙《かいし》で刀を拭《ぬぐ》う侍が立っている。

「この野郎！」

叫ぶ三太に、侍は鋭い目を向けてきた。

「こ奴は、親分にたてつく不忠者だ。わしがかわって成敗してやったまでよ」

「よくも兄貴を！」

怒りで言葉が耳に入らぬ三太は殴りかかったが、侍はすっと横にかわした。

空振りした三太が振り向いた眼前に、侍は抜刀《ばっとう》した刃《やいば》をぴたりと止めた。

不気味な笑みを浮かべ、刀を振り上げた。

殺されると覚悟した時、親分が割って入った。

「旦那、寅吉には手を焼いておりやした。ありがとうございやす。どうか、三太だけは勘弁してやってくださいこいつは、あっしがきつく叱《しか》っておきやすから」

「我らがすることに文句を言う奴は容赦《ようしゃ》せぬ。肝《きも》に銘《めい》じておけ」

侍は刀を下ろし、母屋に戻った。

腰が抜けていた三太は、親分に殴られた。

「今のでわかったか。奴らは殺しを楽しんでやがる。おれたちは、もう逃げられねえんだ。若様もな」

「どういうことです」

「わからねえのか。若様も騙されていたんだ。いかれた四人組の恐ろしさを知って、今じゃ言いなりさ」

思ってもみなかった親分の告白に、三太は息を呑んだ。

「若様が、浪人みたいな野郎の言いなりだなんて、そんな馬鹿な」

親分に胸ぐらをつかまれて、三太は顔を上げた。

「いいか三太。おれが好きでもねえことをするのは、大恩ある若様のためだ。奴らは飽きたら出ていく。それまでの辛抱だ。わかったな」

「でも、兄貴が……」

「寅吉には悪いと思っている。黙っていたおれのせいだ。おめえたちも悔しいだろうが、ここはこらえてくれ」

他の兄貴たちは応じたが、三太は悔しくて涙が出た。

「わかったな三太」

頬を平手打ちされて、三太はうなずいた。


「兄貴、すまねえ」

可愛がってくれた寅吉を舟から海に落とした三太は、手を合わせて南無阿弥陀《なむあみだ》仏《ぶつ》と唱《とな》えた。

空治が泣いたせいで、こらえていた感情が込み上げた三太は、

「何が若様のためだ」

誰にも聞こえぬ声で吐き捨て、この場にいない龍造に対する不信が募《つの》った。

仕切っている九次が、皆に告げる。

「この足で人を攫いに行くぞ」

すると、他の兄貴分が訊いた。

「役人が目を光らせてますが、どこでやるつもりですか」

「増上寺界隈《かいわい》には、夜になると生臭《なまぐさ》坊主に身体を売る女が来る。そいつを狙う」

「そんな坊様がいるんですか」

問う三太に、九次が鼻で笑いながら答える。

「お前は真面目だから知らねぇだろうが、世の中の坊主がみんな禁欲していると思ったら大間違いだ。その目で確かめろ」

岸に着けた舟から下り、夜道を増上寺に走った。

門前には、それらしい女はいないと三太は思ったが、九次が指差す。

「あの女がいい」

垢抜《あかぬ》けた縞《しま》の小袖《こそで》を着て、足早に歩いてくる女は、表情も明るい。

「どう見てもただの町娘ですよ」

「今にわかるさ」

九次が目の前に出ると、女はぎょっとした。

「な、なんだいあんた」

「ちいと、遊ばせてくれねえか」

「ふん、あたしゃあんたみたいな遊び人は相手にしないんだ」

「坊様じゃねえからか」

「そうだよ。あっちへ行きな」

九次が、隠れて見ている三太に顔を向け、どんなもんだ、という表情をした。

そして、女に道を空ける。

「悪かったよ」

「ふん」

邪魔だと言って通り過ぎた刹那、九次が背後から口を塞いで攫おうとしたが、女に下駄《げた》で足を踏まれて呻いた。

「この野郎！」

「誰か！　誰か助けて！」

女の大声に、大工の身なりをした男たちが走ってきた。

「どうした！」

「人攫いだよ！」

「なんだと！」

大工は腕まくりをした。

「やい、てめえら！」

「ちっ、ずらかれ」

九次が命じて逃げた。

路地から出た兄貴分たちに続く気になれなかった三太は、暗がりに隠れた。

大工の何人かが追って走り、年嵩の男が叫んだ。

「宗助を攫ったのはてめえらか！　生きているのか！」

名前を聞いた三太は、目を見張った。

ちくしょう、とつぶやいた大工が、女に早く帰れと言って行こうとした時、三太と目が合った。

「誰だ、そこにいやがるのは。さては仲間だな。出てこい！」

もう嫌気が差していた三太は、路地から出て大工を睨んだ。

「宗助という若い男を捜しているなら、深川にある大熊家の抱え屋敷に行け。悪いのは、東《ひがし》豹馬《ひょうま》という侍だ。早くしねぇと、殺されるぞ」

三太はそう告げると、待てと叫ぶ大工の声を無視して逃げ、生まれ故郷へ走った。

六

「捨三郎、今、なんと言いやがった」

「五人しか集められなかった。もうこれで終わりにしてくれ」

いきなり蹴られた捨三郎は、障子を突き破って庭に転げ落ちた。悠然《ゆうぜん》と歩み寄ってきた東豹馬が、鋭い目を向ける。

「誘うたのはおぬしではないか。この屋敷は、好きに使《つこ》うてよいとな」

「確かにそうだが、町方が騒いでいる。上屋敷に知られれば、父に殺されるぞ」

「今さら何を言う。上屋敷から遠ざけられ、恨《うら》んでいたではないか。奴らが来れば殺す。そのために人を斬ることに慣れておきたいと言ったのは、どこのどいつだ」

「あの時は、お前たちがここまでするとは思っていなかったからだ。いったい、何人殺せば気がすむのだ」

「さあ、何人だろうな。少なくとも今は、やめるつもりはない。お前忘れたのか、こんな辺鄙《へんぴ》な屋敷に遠ざけた親兄弟に、勝ちたいのではなかったのか」

捨三郎は、玉砂利《たまじゃり》をにぎりしめた。

「勝ちたい」

豹馬が捨三郎の肩をつかんで立たせ、顔を近づけた。

「だったら続けろ。生身の人間を斬ってこそ、剣の腕に磨きがかかるというものだ。なあ、お前たちもそう思うだろう」

三人の仲間が、不敵な笑みを浮かべて賛同した。

「強くなって、兄貴を見返してやれ」

豹馬に刀を渡された捨三郎は、弓矢で足を射抜かれ、動けなくなっている町人の男の背後に立つと、抜刀して斬り殺した。

「腕を上げたな」

豹馬が目を細めて言い、森を見上げる。

「では、獲物を狩るとしよう。小生意気な二人組は、捨三郎、お前が仕留めろ」

血走った目を向けた捨三郎は応じ、弓を持って茂みに入った。

「親分、どうしやす」

九次に言われた龍造は、狩りを続ける捨三郎を見て肩を落とし、隠れていた木から離れた。

「三太がずらかったのがばれたら、豹馬はおれたちを殺すに違いない。今のうちに逃げるぞ」

「そのお言葉を待ってました」

九次は続いて小走りで森から出ると、待っていた弟分たちに龍造の意向を伝えた。

龍造は子分たちを連れて表門へ急ぎ、中間の一人に潮時だと告げて、脇門を開けさせた。

先に出ようとした中間が、叫び声をあげてひっくり返った。

「どうした！」

九次が助け起こそうとした時、町人風の男と女が入ってきて、藤色の着物を着流した浪人風が続いて姿を現した。

「だ、誰だ、てめえらは」

九次が刃物を抜くより先に、浪人が抜刀して振るい、首に当たる寸前でぴたりと止めた。

ぎらりと光る刃に、九次が息を吞む。

浪人に厳しい目を向けられた龍造は、ただならぬ気配に圧倒され、一歩も動けなくなった。

「控えよ、甲府藩主、徳川綱豊《とくがわつなとよ》公だ」

悪党がもっとも恐れる名に、龍造は悲鳴をあげた。

「ここ、甲州様！」

「そのほうに問いたいことがある」

左近の厳しい声に、龍造は観念してその場にへたり込んだ。


宗助と寛太は、共に放たれた五人の男女のうち三人を守って、森を逃げていた。

若い女が切り株で足をくじいてしまい、もう歩けないと嘆《なげ》いた。

許嫁の穂乃と同じ年頃の女に、宗助が駆け寄る。

「この丘を越えた先にある土塀まで逃げれば殺されずにすむから、あきらめてはだめだ。さ、肩を貸すから行こう」

女は応じて、宗助に身を委《ゆだ》ねた。

見つかることなく、土塀まで無事に辿《たど》り着いた。

これで命は助かるはずだが、宗助と寛太は逃げる気でいる。

「やるぞ」

寛太に応じた宗助は、力を合わせて竹垣を壊しにかかった。

「おめぇたちも手伝え」

寛太に言われて、二人の町人の男が加わった。

石に腰かけて休んでいた女の肩に弓矢が突き刺さったのは、もう少しで竹垣が壊れそうな時だった。

悲鳴をあげた女が転がり落ち、仰向《あおむ》けになった胸を踏みつけたのは豹馬の手下の髭面だ。

捨三郎と豹馬が現れ、二人の侍と共に宗助たちを囲む。

「薄汚い女郎など、なんの価値もない」

女は刃を向けられても、叫ぶ力もなかった。

髭面の侍が目を見開き、とどめを刺そうとした時、風を切って飛んできた手裏剣が手首に突き刺さった。

呻いて刀を落とした髭面が、飛んできたほうに目を向けた時、頭上から影が跳び下りてきた。髭面は慌てて脇差を抜こうとしたが、額を幹竹割《からたけわ》りに打たれて昏《こん》倒《とう》した。

捨三郎が刀を向けた。

「何奴だ」

「新見様！」

叫んだのは宗助だ。

呻くおなごをかえでに託した新見左近は、宗助にうなずき、悪党どもに向く。

「何奴かと問うておる」

目を見開いて叫ぶ大熊捨三郎に、左近は告げる。

「知ったところで、人を人とも思わぬ鬼畜《きちく》に明日はない」

捨三郎は歯をむき出して怒りを露わにすると、裂帛《れっぱく》の気合をかけて斬りかかった。

左近は袈裟《けさ》斬《ぎ》りを安綱《やすつな》で弾《はじ》き上げ、返す刀の峰《みね》打《う》ちで脇腹を打つ。

激痛に呻いて立てない捨三郎には目もくれぬ左近は、元凶《げんきょう》たる男に厳しい顔を向ける。

「東豹馬、そのほうらの悪事もこれまでだ。覚悟いたせ」

豹馬は余裕の表情で笑みを浮かべ、刀を八双《はっそう》に構えた。その左右にいる手下が弓を引き、左近に狙いを定める。

動じぬ左近めがけて矢を放とうとした時、小五郎が投げた手裏剣が右の射手《いて》の肩を貫《つらぬ》いた。

左の射手が放った矢を、左近は安綱で斬り飛ばす。

それを隙と見た豹馬が迫る。

八双から斬り下ろす一撃を、左近は安綱で弾いた。そして豹馬の喉元で切っ先をぴたりと止める。

うっ、と呻いた豹馬は、安綱を弾いて跳びすさる。

左近は豹馬の目を見据《みす》えながら、間合いを詰めた。

左近の凄《すさ》まじい剣気に慌てた豹馬が、刀を振り上げた。その刹那、左近は脇を飛び抜け、豹馬の胸を峰打ちした。

激痛に顔を歪《ゆが》めた豹馬が、振り向いて刀を打ち下ろすより先に、安綱の峰が額を打った。

雷《かみなり》に打たれたように一瞬のけ反《ぞ》った豹馬は、刀を落として仰向けに倒れた。

射手の二人は小五郎に倒され、気を失っている。

脇腹を押さえて立とうとしていた捨三郎は、顔を向けた左近を恐れ、刀を捨てて命乞いをした。

そこへ宗助が飛びかかり、馬乗りになって捨三郎を殴った。

「お前たちのせいで、何人死んだと思ってやがる。命乞いしても、お前らは容赦しなかったじゃないか。同じ目に遭うがいい！」

泣きながら怒りをぶつける宗助に殴られた捨三郎は、気を失った。

それでも殴ろうとした宗助の右手をつかんで止めた左近は、

「きっと厳しい罰がくだされる。悔しいだろうが、裁《さば》きはお上に委ねよ。そなたの手を汚す価値もない男だ」

宗助は力を抜き、応じて離れた。

寛太が宗助に駆け寄り、助かったことを喜んだ。そして、二人並んで左近に頭を下げた。

「お助けくださり、ありがとうございます」

寛太の言葉に、宗助が続ける。

「新見様、このお礼は、改めてさせていただきます」

「気にするな。そなたが生きていたのが、何よりの喜びだ。両親と、権八たちが待っているぞ」

宗助は安心したのか、涙を流して、左近に頭を下げた。

捨三郎と豹馬らによる悪行は、江戸市中を震撼《しんかん》させた。

将軍綱吉は、神仏をも恐れぬ悪鬼《あっき》の所業だと激高《げきこう》し、捨三郎と豹馬一味を打ち首に処した。

また、父である大熊刑部《ぎょうぶ》にも厳しい沙汰《さた》がくだされ、切腹のうえお家は改易《かいえき》。残された妻子は、遠島《えんとう》の罰がくだされた。

そして綱吉は、殺された多くの町人たちを悼《いた》み、大熊家の抱え屋敷を跡形もなく破却《はきゃく》させ、森の木々も伐採《ばっさい》して更地《さらち》にすると、供養塔《くようとう》を建てさせた。


いっぽう、無事長屋に戻った宗助は、泣いて喜ぶ権八にもみくちゃにされながら、心配をかけたことをあやまった。そして不思議そうな顔で問う。

「権八さん、新見様と煮売り屋のご夫婦は、いったい何者なのですか。小五郎さんとかえでさんは、まるで……」

忍者のようだと言おうとしたら、権八に口を塞がれた。

「左近の旦那と煮売り屋の夫婦は、ただのお節介焼《せっかいや》きだ。知ろうとするのはやめておけ」

「そういう権八さんは、ご存じなのです？」

「まあいいからいいから。命が助かったんだ、それでいいじゃねえか。まあ上がれ、うちで一杯やろうじゃないか」

「いえ、酒はもうこりごりです」

宗助が頭を下げて帰ろうとした時、路地を走ってきた許嫁の穂乃が気づいた。

「宗助さん！」

よかったと、泣いて抱きつく穂乃を見た権八が、およねと笑う。

「噂とは違っていい娘さんじゃねえか」

「そうだね。きっといい夫婦になるよ」

目を細めるおよねは、そっと目尻を拭った。

第三話　不吉な茶釜《ちやがま》

一

「殿、庭の梅がとってもいい香りでございますね」

はつらつとした声に応じて書状から目を転じた左近は、引き締めていた口元をゆるめた。

座敷に入ってきたおこんは、茶台の湯呑《ゆの》みを新しい物と交換して微笑《ほほえ》む。目は生き生きと輝き、顔の色艶《いろつや》もよいおこんは、庭からそよいできた風に白い歯を見せる。

「こんなにいい香りがするお屋敷にいるのは、生まれて初めてです」

「それはよかった」

左近は湯呑みを取り、口に運びかけてやめた。今日は天新堂《てんしんどう》の隠居万庵《ばんあん》が来る日だというのを思い出したからだ。

茶台に戻すのを不安そうに見たおこんが、湯吞みを取った。

「熱すぎましたか」

息を吹きかけて冷まそうとするおこんに、左近は微笑む。

「もうすぐ万庵がまいるゆえ、控えたのだ」

「そうでしたか。では、お下げします」

おこんは茶台に戻し、何か言いたそうな面持《おもも》ちで左近を見てきた。

「いかがした？」

「年が明けてずいぶん経《た》ちますが、おかみさんのところには行かれないのですか」

左近はうなずいた。

「甲府の政《まつりごと》があるゆえ、しばらくは行けぬ」

「そうですか」

肩を落とすおこんに、左近は申しわけなく思いながら告げる。

「次に行く時は、供をする約束だったな。皐月に言うておくゆえ、そなた一人で行ってくるがよい」

おこんは首を横に振った。

「お正月に実家でゆっくりさせていただいたばかりですから……」

「だが正月には、お琴に会えなかったのだろう」

「それはそうですけど、殿が行かれるまでお待ちします」

「そうか」

「お忙しい時に、わたしなんかにお気遣《きづか》いくださりありがとうございます」

「おこん、面《おもて》を上げなさい。なんかは余計だぞ。そなたは、おれの命の恩人だ」

毒の一矢《いっし》にやられた時、おこんがそばについていてくれたおかげで命が助かった。

「わたしはそんな……」

おこんは顔を赤く染めた。

左近は、おこんが以前より穏やかな表情になったように思えて、これも皐月の指導によるものだと考えていた。

「おこん」

「はい」

「屋敷での暮らしは、辛《つら》くないか」

おこんは驚いたような顔をした。

「まったく。むしろ、楽しゅうございます」

「そうか。それならよかった」

おこんは穏やかな笑みを浮かべ、茶台を持って下がろうとした。

「すまぬが、茶室に梅の花を飾ってくれぬか」

「わたしでよろしいのでしょうか」

「梅がよい香りだと申したそなたがどう飾るか、見てみたい」

おこんは一瞬戸惑うような顔をしたが、すぐに明るく応じて下がった。

おこんは真衣を誘ったようだ。二人で梅の枝を選ぶのを遠目に見つつ、左近は次々と書状に目を通した。村の復興に関する甲府からの知らせには、家を失った者たちすべてが仮住まいの長屋で新年を迎えたとあり、どれも安心させるものだった。

気分が晴れたところで、折よく万庵が訪ねてきた。

小姓を伴《ともな》わず、一人で茶室に行くと、先に入って待っていた万庵が和《な》やかにあいさつをする。

「甲州様、遅ればせながら、新年明けましておめでとうございます」

「そうか。今年初めて会うのだったな」

万庵は頭を上げて、うかがうような面持ちをした。

「お忙しいとお聞きしましたので、遠慮しておりました」

「新年の行事と、領地の政で頭がいっぱいだったが、やっと落ち着いた。今日は、ゆっくりしていってくれ」

万庵は目を細めた。

「初夢が正夢になりました」

「というと？」

「まさに、甲州様とこうして茶室でお目にかかる夢を見たのでございます。お招きいただいた時は、愚息《ぐそく》めに自慢してやりました」

「相変わらずやり合っているのか」

「ええ、そりゃもう、話せばきりがないほどでございます」

「どうせまた、寛一《かんいち》を不機嫌にさせるほど、高価な茶器を手に入れたのではないか」

万庵は笑わず、身を乗り出した。

「そのことです。手前は、倅《せがれ》を納得させる逸品《いっぴん》を手に入れたと喜んでいたのですが、吉良《きら》様のお屋敷で、もっと凄《すご》い物を見ました」

高家《こうけ》の吉良上野介《こうずけのすけ》も、名の知れた茶好きだ。しかしながら、先の大火で屋敷を失い、数多くの名品も焼けてしまったと聞いている。

「上野介殿は、何を手に入れたのだ」

左近が興味を持ったことで、万庵は嬉しそうに語った。

それによると、京から戻った吉良に招待された茶会の席で、手に入れたばかりの茶釜《ちゃがま》、天明黒紐《てんめいくろひも》を見せてもらったのだという。

万庵いわく、茶人のあいだでは天下の茶釜と言われる逸品で、値段を聞いた左近は驚いた。

「二千両もするのか」

万庵が大きく顎《あご》を縦《たて》に振る。

「少なく見積もってその値段でございます」

「では、実際はもっとするということか。上野介殿は、そのような代物《しろもの》をどうやって手に入れたのだ」

左近の疑問に、万庵は他に誰もいないのに声を潜《ひそ》めた。

「懇意《こんい》にされているお公家様からいただいたそうです。ここからがおもしろい話でございまして、どうやらお公家様は、茶釜の価値をわかってらっしゃらなかったようで、当の吉良様も、安物だとおっしゃったのでございますよ」

万庵の表情が得意げに見えた左近は、あえて問うてみた。

「どういうことだ？」

「天下の逸品だと気づいたのは、この手前にございます」

己を指差した万庵が、間違いないわけを話して聞かせると、驚いた吉良は茶釜の湯を捨てて裏を確かめたという。

同座していた他の茶人たちが、確かに天明黒紐だと言ったことで、茶会の席は騒然としたようだ。

左近は感心した。

「そなたの目は、たいしたものだな」

「いえいえ。それより驚かされるのは、お公家様でございますよ。豊臣《とよとみ》の世には幻《まぼろし》とまで言われた名品を持っていながら、その価値に気づかれないのですから」

「当代の者が、興味がなかったのだろう。道具とは、そういう物ではないのか」

「まさしくおっしゃるとおり。茶の湯に興味がなければ、ただ湯を沸《わ》かす道具ですからな」

「気づかなかった上野介殿は、恥《はじ》をかいたようなものだ。不機嫌にならなかったか」

万庵は、ひひひ、と愉快そうに笑った。

「むしろ大喜びされて、茶碗を褒美《ほうび》として頂戴《ちょうだい》しました」

「それはよかったな」

「なのに倅の奴は、手前が買って嘘《うそ》をついているなどと、まったく信じないのです」

「日頃のおこないのせいであろう」

「あいや、それを言われると、返す言葉もございません」

背中を丸める万庵に、左近は笑った。

「目利きの万庵から見て、この茶碗はどうか」

左近が蔵に納《おさ》められていた黒茶碗を見せると、万庵は手に取り、申しわけなさそうな顔で告げた。

「名品ではございますが、まだ新しい物ですから、百年後には価値が上がりましょう」

左近は片眉《かたまゆ》を上げた。

「それは、余《よ》が持っていたからなどと言うのではあるまいな」

「茶碗は確かによい物ですが、いかんせん、作者の名が売れておりませぬ。長い年月が価値を上げるうえに、名君たる甲州様が大事にされていた、という折り紙がつけば、後世に引き継がれる価値が出るのでございます」

「なんだか、くすぐったいな」

万庵が笑い、顔を横に向けた。

「それにしても、今日はよい眺《なが》めでございますね」

万庵が見ているのは庭ではなく、壁にかけた竹筒《たけづつ》に一本だけ挿《さ》されている梅の枝だ。

「枝ぶりと、紅梅《こうばい》の具合が絶妙ですな。この一本だけで、茶室にほのかな香りがあり、華《はな》やかな気持ちになります」

左近が生《い》けたのかと問われて、侍女が選んだ物だと教えると、万庵は目を細めた。

「よい眺めです」

もう一度口にした万庵は、茶を点《た》てはじめた。

旨《うま》い茶を飲んだ左近は、市井《しせい》の様子などを訊《き》いた。

小判改鋳《こばんかいちゅう》は初めの頃のような混乱はなく、近頃は物が飛ぶように売れているという。特に呉服は、柄や色合いの流行《はや》りを追う傾向にあり、新しい物を買い求める者が増えたおかげで、問屋や小売りの店だけでなく、着物に関わる職人たちも景気がいいらしい。

江戸の町に活気があるのはいいことだと、万庵は目を細めた。

左近もうなずきつつ、万庵に問うた。

「では、上様の人気も上がっているのだな」

「前よりは多少。これで生類憐《しょうるいあわれ》みの令がなければ、まさに名君なのでしょうけど」

万庵の言うとおり、惜しいところだと左近は思った。男児に恵まれて世継ぎが定まれば、桂昌院《けいしょういん》と綱吉の気持ちも変わるのではないか。

万庵がため息をついたのに、左近が顔を向ける。

「いかがした」

「あさりの味噌汁《みそしる》が、いつになったら飲めるのかと思いましてね。鯛《たい》やいかの活《い》き造《づく》りを食べとうございます」

懇願《こんがん》の眼差しを向けられた左近は、苦笑いした。

「長生きをすることだ」

「では、いずれは甲州様が……」

「そういう意味ではない。上様のお気持ちが変わられるかもしれぬと申しておる」

万庵は肩を落とした。

「西ノ丸を出られたのは、残念です」

「それを言うな」

左近は茶を点ててやり、昔を懐かしむ万庵の気分を変えさせた。

二

万庵が左近を訪ねた日の翌朝、吉良家で騒動が起きた。吉良自慢の天明黒紐が、あるべき場所から消えていたのだ。曲輪内《くるわうち》の屋敷は警固《けいご》が厳重で、盗《ぬす》っ人《と》が入るはずもないと信じている吉良は、屋敷中を捜させた。下男下女の部屋まで総ざらいをしたが見つからず、やはり盗っ人の仕業《しわざ》だと腹を立てた吉良だったが、夜になると気落ちして、寝込んでしまった。

翌朝、茶釜の騒動で寝不足の門番があくびをしていたところ、門扉《もんぴ》に何かが飛んできて当たった。ぎょっと目を丸くした門番は、転がった丸い物に歩み寄り、投《な》げ文《ぶみ》だと気づいてあたりを見回したが、怪《あや》しい人影はなかった。

石を包んで投げられていた文を広げた門番は、

「大変だ」

思わずこぼして、急いで用人《ようにん》に届けた。

茶釜を返してほしければ　千両と引き換えだ
応じるなら　門前に赤い布を掲《かか》げろ

読んだ吉良は、怒りに震えながら文を投げた。

届けた家老の小林平八郎《こばやしへいはちろう》が、じっと吉良の指図を待っている。茶器に一喜一憂するあるじに対し、いささか冷ややかな目を向けているように思えるが、吉良はそれどころではない様子だ。

「平八郎、千両はあるのか」

問われて、小林は顎を引いた。

「ございます。されど……」

「すぐに赤い布を掲げよ」

唾《つば》を飛ばして厳命するあるじに、小林は何も言上《ごんじょう》せずに下がった。

吉良家の門前で赤い布が風にはためくのを、事情を知らぬ武家の者たちが不思議そうに見ながら通り過ぎてゆく。

小林はしかめっ面《つら》で門内に立っていたが、その日は何も起きなかった。

盗んだ者から知らせが来たのは、翌朝だ。届けたのは子供であり、小林が誰に頼まれたか問うも、

「知らないおじさん」

垂らした洟水《はなみず》を舐《な》めながら答える子供は、届けたら駄賃をもらえると言われた、と告げて、小林に手を出して微笑んだ。

盗っ人め、と舌打ちをした小林は、罪のない子供に小銭をにぎらせて帰し、その場で文を開いた。

「汚い字だ」

吐き捨ててから一読する。

五日後の朝に人を行かせる　それまでに千両を用意しておけ
少しでも妙な真似《まね》をすれば　茶釜は売り飛ばす

不快さを露《あら》わにした小林は、あるじのもとへ急いだ。

小林から口頭で告げられた吉良は、肩を揉《も》ませていた侍女を下がらせ、渋い顔を庭に向けた。

「そのほうにまかせる。必ず取り戻せ」

「盗っ人を捕らえとうございます」

「捕らえたあとはどうする気じゃ」

「町奉行に処罰させればよろしいかと」

吉良は小林の言葉に怒気《どき》を浮かべた。

「たわけ。それでは茶釜を盗まれたと知られるではないか。そのほうは、高家肝煎《こうけきもいり》であるわしに恥をかかせる気か」

小林は平伏《へいふく》した。

「これは、いらぬことを申しました」

「茶釜が戻ればそれでよい。捨て置け」

「はは」

素直に応じた小林であるが、心中密《ひそ》かに吉良家に恥をかかせた盗っ人を成敗すると決めていた。

約束の日の朝が来た。

盗っ人を捕らえる気で待ち構えていた吉良家の家臣たちの前に現れたのは、子供たちだった。門番の問いに十二歳だと答えた子供は、仲間と駄賃欲しさに荷車を引いている。

小林は門から出て、あたりの様子をうかがった。だが、子供たちを監視する者も、怪しい動きをする者もいない。

戻った小林は、十二と答えた年長の男児に問う。

「お前たちに頼んだ者は、どこにおる」

小林の厳しい口調に、男児は怯《おび》えた顔をした。

「知りません。吉良様の荷物を運ぶよう頼まれただけです」

駄賃欲しさの子供に罪はない。

「預かった物はないか」

優しく問うと、男児は着物の懐《ふところ》から文を取り出した。

渡された文の封を切って読むと、荷物が届いたあとで返すと書いてあった。

舌打ちをして文を懐に入れた小林は、配下に命じて、荷車に運ばせた。

子供たちは千両箱を見たことがないらしく、特に驚いた様子はない。

配下たちの手で吉良家の家紋が染め抜かれた藍色《あいいろ》の布で千両箱が隠されると、小林は子供たちに行けと命じた。

荷車を引いて帰る子供たちを目で追った小林は、土塀《どべい》の角からこちらを見ている配下に顎を引く。

応じた五人の配下が、子供たちから離れて跡をつけていく。

何も気にしない男児たちは、もらえる駄賃で何を食べようか相談しながら、楽しそうに荷車を引いている。

曲輪内から外に出ると、人気《ひとけ》が多い日本橋《にほんばし》の通りを神田の方角へ進んでゆく。

吉良家の家臣たちは跡をつけるが、目の前に荷を山と積んだ荷車が現れて止まった。車を引いていた人足《にんそく》が、町の女に呼び止められたのだ。

邪魔だと声をあげたいところだが、目立ってはならぬと我慢した吉良家の家臣たちは、荷車の後ろに回って先を急ぐ。

子供たちの荷車は人混みに紛《まぎ》れて行き、見えなくなった。

家臣たちは、大勢の人々のあいだを縫うように走り、子供たちを追う。

辻《つじ》を右に曲がった子供たちを見逃すまいと、走って同じ辻を曲がった。すると、狭い道の真ん中に荷車が置き去りにされ、子供たちの姿は消えていた。

「しまった」

家臣の一人が焦《あせ》りの声を吐き、荷車に駆け寄って布を剝《は》ぎ取った。すると、千両箱ではなく、四角い桐《きり》の箱に替えられていた。

蓋《ふた》を開け、中身が茶釜だと知った家臣は、安堵《あんど》の息を吐いて首《こうべ》を垂れた。

三

同じ日の昼下がりに、吉良上野介からの急な呼び出しに応じた万庵は、呉服橋《ごふくばし》御門《ごもん》内の屋敷に足を運んだ。

茶室には顔見知りの家来が一人おり、万庵は軽いあいさつを交《か》わして己の座に着いた。

「今日は、何ごとでしょうか」

万庵の問いに、家来はわずかに口元をゆるめたが、答えずに出ていった。

万庵は首をかしげながらも、一人で待った。

吉良が茶室に入ってきたのは、程なくだ。

「急にすまなんだ」

いつもより機嫌が悪そうな吉良は、万庵のあいさつを受けると早々に、桐の箱を開けて茶釜を取り出した。

「これが、天明黒紐かどうか、今一度確かめたいと思い来てもろうた。万庵、どうじゃ」

万庵は膝行《しっこう》して茶釜を手に取り、確かめた。そして、眉間《みけん》に皺《しわ》を寄せた。よく似ているが、先日の物とは手触りが違い、釜の縁《ふち》の錆《さ》びた具合も違っている。

「吉良様、手前の目を確かめておられますね」

「本物に、間違いないであろう」

吉良の不安そうな顔を見て、万庵は自分も不安になった。

「何か、ございましたか」

「本物か否《いな》か、答えるだけでよい」

「ようできた、贋作《がんさく》でございます」

吉良は目をそらし、ひとつ息を吐いた。

肩を落とした吉良に、万庵が恐る恐る問う。

「吉良様、先日見せていただいたのは、間違いなく本物にございます。くらべてみられてはいかがですか」

するとき吉良は、怒気を浮かべた顔で睨《にら》んできた。

「黙れ万庵。これは先日と同じ物じゃ。元から偽物《にせもの》だったのであろう」

吉良の怒りにも、万庵は動じない。

「何をおっしゃいます。あれは間違いなく、本物でございましたぞ」

「いいや、同じ物じゃ。これは、初めから偽物だったのじゃ！」

吉良は茶釜をつかみ、苛立《いらだ》ちの声をあげながら庭に投げ捨てた。

「誰かある！」

すぐさま来た二人の家来に、吉良が万庵を指差して命じる。

「この者はわしを謀《たばか》りおった。よって家に帰さぬ。捕らえよ」

「はは」

応じた家来が、万庵に鋭い目を向けて迫った。

「お待ちを。吉良様、吉良様……」

両腕を押さえられた万庵が声をかけても、吉良は見ようともしない。

万庵は抵抗したが、若い二人に力負けして茶室から連れ出され、母屋《おもや》の一室に監禁されてしまった。

吉良が万庵のもとにふたたび姿を見せたのは、日が暮れてからだ。

家老の小林を伴って座敷に入ってきた吉良を見て、万庵は声を失った。意気《いき》消沈《しょうちん》し、昼間とは別人のように、老《ふ》け込んで見えたからだ。

吉良はうつむき気味に万庵の前に座し、じっとりとした目を向けてきた。

「……せ」

ぼそりと漏らした声が聞き取れなかった万庵は、訊き返した。

「申しわけございません。なんとおっしゃいましたか」

これには小林が答える。

「許せ、との仰《おお》せじゃ」

万庵は安堵し、小林に微笑んだ。

「では、帰ってもよろしゅうございますか」

立とうとした万庵の腕をつかんだ吉良が、小林に顎で指図した。

応じた小林が、万庵に文を差し出した。

万庵は首を伸ばして見る。

「贋作を送ったのは跡をつけた罰。本物を返してほしければ二千両よこせ。ただし、同じ過《あやま》ちを犯《おか》せば、茶釜は上方《かみがた》で売り飛ばす」

声に出して読んだ万庵は、大口を開けた顔を吉良に向けた。

「これは、どういうことですか」

吉良は顔をしかめ、憎々しげに告げる。

「見てのとおりじゃ」

「茶釜を、盗まれたのですか」

吉良は万庵を睨んだまま、こくりとうなずいた。そして、万庵を見据《みす》えながら小林を指差す。

「こ奴は、茶釜をあきらめろと言いおる。おぬしはどう思うか」

万庵は小林を見た。厳しく、刺すような眼差しを返され、身の危険を感じて忖《そん》度《たく》した。

「手前も、盗っ人に金を渡すのはどうかと思います」

「天明黒紐ぞ！」

吉良に大声で迫られた万庵は、のけ反《ぞ》った。

吉良は万庵に、怒りに震える指を向ける。

「ここであきらめてしまえば、千両が無駄になる。そのほうはそれでも、あきらめろと申すか」

「千両？」

万庵は、どういうことかと、小林に訊く顔を向けた。

小林は表情を変えずに、これまでのことを話して聞かせた。

吉良の殺気を感じた万庵は、目をつむった。

「確かにおっしゃるとおり、千両が無駄になってしまいますな」

吉良がそうであろうとうなずき、小林に命じる。

「蔵を空にしてでも取り返せ。金の心配はいらぬ。勅使《ちょくし》をお迎えする日が近いゆえ、また入ってくる」

「承知しました」

吉良は表情を穏やかにして、万庵に告げる。

「いちいちそのほうを呼ぶのは面倒じゃ。天明黒紐が戻るまで、ここにおれ」

「えっ、いつまでですか」

「茶釜が戻るまでじゃ」

告げた吉良に、小林が続く。

「二千両は大金ゆえ、少々日がかかると思うてくれ」

「そ、そんな、困ります」

「よいな」

有無を言わさぬ吉良の強引な気性を知っている万庵は、手を合わせて懇願した。

「倅が心配しますから、せめて、泊まることだけでも知らせたいのですが、文を書かせていただけませんか」

「許す。じゃが、いらぬことは書くでないぞ」

「茶釜を盗まれたことなど、書きませぬ」

じろりと小林に睨まれて、万庵は慌《あわ》てて口に手を当てた。

四

当分吉良様のお世話になるから　心配しなくてよいぞ
万庵

左近は、訪ねてきた寛一から渡された文に目を通した。

読みたそうにしている又兵衛に渡してやると、目を走らせた又兵衛はいぶかしげな顔を寛一に向ける。

「これのどこが、助けを求めておるのだ」

寛一は眉尻《まゆじり》を下げた。

「あの父が、心配するな、だなんて、よほどのことがあったのだと思います」

「そうなのか？」

「はい。困った、助けてくれと言う時は、いつもたいしたことがないものですから、吉良様のお屋敷で何かあったに違いないのです」

「なるほど」

納得した又兵衛が、左近にどうするか問うてきた。

左近はまず、庭に正座している寛一を立たせ、控えている皐月に顎を引く。

心得ている皐月が下がった。

左近が縁側に促《うなが》す。

「まずは座りなさい」

遠慮なく濡《ぬ》れ縁《えん》に腰かけた寛一に、皐月に言われて支度を調《ととの》えた真衣が茶菓《さか》を出した。

「おそれいります」

恐縮する寛一が一息つくのを待ち、左近は問う。

「万庵は、いつから吉良家におるのだ」

「今日で三日目になります」

「そのあいだ、そなたは何をしていたのだ」

「この手紙を見て父を心配し、手蔓《てづる》を使って調べておりました」

「何かわかったゆえ、余を頼りにまいったのか」

寛一は神妙な面持ちで応じる。

「知り合いの両替屋から聞いたのですが、吉良様のご家来が、五百両を借りに来られたそうなのです」

又兵衛が問う。

「大金を必要とする理由は」

「わかりません」

「それと万庵が留《と》め置かれるのと、なんの関わりがあるのだ」

「それもわからないものですから、厚かましくもお願いに上がりました」

又兵衛が腕組みをして首をかしげた。

「吉良殿は、勅使《ちよくし》饗応役《きようおうやく》を命じられた大名への指南がはじまろうから、五百両など借りずとも、すぐ集まるだろうにな」

「二千両がなくて、困っているようだとも申しておりました」

「何、二千両じゃと。何に使うのじゃ」

「そこまでは……」

首を横に振る寛一に、左近が告げる。

「他ならぬ万庵のためだ。こちらで調べてみよう」

「殿、それがしにおまかせを」

元大目付の勘が何かを捉《とら》えたらしい又兵衛に、左近がうなずいた。

それを見ていた寛一が、濡れ縁から腰を上げて平伏した。

「篠田様、どうか、よろしくお頼み申します」

「うむ。万庵は必ず帰してやるゆえ、心配せずに待っておれ」

寛一はようやく明るい顔を見せて、帰っていった。

吉良の調べを進めた又兵衛が、憤懣《ふんまん》やるかたない様子で左近の前に来たのは、翌日だ。

「不機嫌そうだが、よくない知らせか」

顔を見て問う左近に、又兵衛は鼻息を荒くして正面に座し、身を乗り出す。

「吉良殿を探りましたところ、確かに金を集めているようですが、何に使うためかはわかりませぬ」

「万庵が留め置かれていることと、関わりがあると思うか」

「そこを吉良殿に確かめようとしたのですが、多忙を理由に会《お》うてくれませぬ」

「屋敷に足を運んだのか」

「はい」

門前払い同然の扱いを受けたと、又兵衛は不機嫌に言う。

左近が告げる。

「では、万庵に問うてみるか」

「どうなさるおつもりで」

「万庵をここへ呼ぶ」

又兵衛は、その手があったかと、手を打ち鳴らした。

「ただちに、吉良家に行ってまいります」


その日の夕方、又兵衛に連れられて左近の前に来た万庵が、両手をついて頭を下げた。

「甲州様、おかげさまで助かりました」

吉良家の者は万庵を渡すのを渋ったというが、

「甲州様が、万庵の茶を所望《しょもう》しておられるのじゃ」

又兵衛はこう、切り札を出して従わせた。

しかしながら、万庵は吉良に固く口止めをされているらしく、又兵衛がいくら問うても、吉良に留め置かれた件については口を濁《にご》す。

そこで左近は、こう述べた。

「吉良殿は、朝廷より御勅使をお迎えする支度で忙しい時期ゆえ、金に困っておるなら、力になってやろう。そうすれば、万庵を家に帰すであろう」

これには、又兵衛が目をひんむいた。

「殿、甲府のご領地で物入りの時に、他家に金を貸すなどもってのほか。万庵も留め置かれた理由を言わぬのですから、放っておきなされ」

左近は真顔を向ける。

「それでは、万庵が家に帰れまい」

「吉良殿が求めておるのは一万両ですぞ」

「一万両！」

大声をあげたのは万庵だ。

「篠田様、吉良様が一万両貸してくれと頼まれたのですか」

又兵衛は大きくうなずいてみせた。

「さようじゃ」

「それは何かの間違いです。吉良様が要求されたのは、二千両でございます」

するとと又兵衛が、万庵をじっと見た。

「要求とは、どういうことじゃ」

「あっ」

慌てて口を塞《ふさ》ぐ万庵に、又兵衛が詰め寄る。

「殿に、詳しくお話しいたせ」

万庵は困った顔を左近に向けた。

「甲州様、手前にしゃべらすために、ひと芝居打たれましたな」

「許せ万庵。そなたが留め置かれ、吉良殿が金に困っておると耳にして、案じておるのだ。吉良殿は誰かに脅《おど》されて、金を集めているのか。そなたから聞いたとは言わぬゆえ、正直に話してくれ」

万庵は目をつむって、大きな息を吐いた。

「甲州様ならば、取り戻してくださるか……」

ぼそりとこぼした万庵が居住まいを正し、知っていることをすべて話した。

驚いたのは又兵衛だ。

「曲輪内の屋敷から物が盗まれたのが公《おおやけ》になれば、吉良家は大恥《おおはじ》をさらすことになりますな」

　左近はうなずき、万庵に問う。

「公にすると、脅されておるのか」

「脅されているのはそこではなく、二千両よこさなければ、茶釜を売り飛ばすと言われているようです」

「天下の茶釜だけに、焦っておるのか。して、金は集まりそうなのか」

「そこでございます。留め置かれた座敷で小耳に挟んだのですが、先の大火で失ったお屋敷の再建をしたことで内証《ないしょう》が厳しいらしく、茶釜を取り戻すために二千両も使うのをよく思わない家来が多いようで、家老の小林様は、苦労されておられるようです」

「であろうな」

　大事な役目に就《つ》いている吉良のこれからを心配し、ついため息を漏らした左近に、又兵衛が言う。

「吉良殿は、勅使饗応役を命じられた大名に指南する見返りとして、多額の付け届けを求めるという噂《うわさ》が絶《た》えぬ御仁《ごじん》。殿が救いの手を差し伸べられることはありませぬ。饗応役から金を集めて茶釜を取り戻しましょうから、捨て置きなされ」

確かに又兵衛が言うとおり、吉良には悪い噂がある。

「盗まれた茶釜の煽《あお》りを食うのは、饗応役を命じられる大名だ」

又兵衛が目を見張る。

「本気で、金を貸すおつもりですか」

「吉良殿が受けてくれるなら、助け船を出そう」

「たかが茶釜のために、金を貸してはなりませぬ。その金は、甲府の民のためにお使いくださいい」

止める又兵衛に、万庵が口を挟んだ。

「吉良様は気位《きぐらい》が高いお方ですから、甲州様が救いの手を差し伸べられても、茶釜が盗まれたとはお認めにならないかと」

確かに万庵の言うとおりだとうなずいた又兵衛が、左近に両手をついた。

「殿、おやめくだされ」

左近は考えを改めた。そして、万庵に告げる。

「吉良殿には余が釘を刺しておくゆえ、安心して家に帰るがよい。寛一が心配しておるぞ」

万庵は驚いた。

「倅が、ご迷惑をおかけしましたか」

左近は笑った。

「ぬけぬけと。あの文は、寛一が余を頼ると見越して書いたのであろう」

するとと万庵は、とぼけた笑みを浮かべた。

万庵を家に送らせた左近は、吉良に文を書き、又兵衛に渡した。

受け取った又兵衛が、懐に入れ、左近に不安そうな顔を向ける。

「吉良殿は、万庵がしゃべったと疑わないでしょうか」

「理由もなく、庶民を屋敷に留め置いてはならぬと書いておいた」

又兵衛は納得した面持ちでうなずく。

「それならば、よろしいかと。では、届けてまいります」

下がる又兵衛を見送った左近は、文机《ふづくえ》から書物を取って開き、続きを読みはじめた。

庭に小五郎が現れたのは、しばらくしてからだ。

左近は、書物を閉じて廊下に出た。

片膝《かたひざ》をついた小五郎が告げる。

「奥田孫太夫《おくだまごだゆう》殿が、殿にお目通りを願われております」

むろん、綱豊ではなく新見左近にだ。

「言伝《ことづて》を頼まれたのか」

「はい。明日の夕方に、また来るそうです。例の、仕官の話ではないかと」

「はっきり断ったほうがよいな」

思わず苦笑いをした左近に、小五郎はうなずいた。

「では、明日まいろう」

「はは」

小五郎は頭を下げ、煮売り屋に帰っていった。

五

翌日、おこんを連れて町に出た左近は、三島屋に入った。

裏から座敷に上がった左近の耳に、さっそく店でにぎやかにするおこんとおよねの声が届く。

お琴が左近のところに茶菓を運んできた。

紅《べに》をさした表情が美しいお琴は、季節を先取りした桜模様の小袖《こそで》がよく似合っている。

「おこんは、水を得た魚のようにしゃべっておるな」

左近が笑いながら言うと、お琴は意外そうな顔をした。

「お屋敷ではおとなしいのですか」

「奥御殿を仕切っておる者が厳しいからな」

「お屋敷でのご奉公は、楽しいと言っておりましたよ」

「本心ならばよいが」

湯吞みを取った左近は、一息ついた。お琴が差し出した皿から落雁《らくがん》をひとつ取り、口に入れた。

「今日は、ゆっくりなされますか」

「うむ。夕方、小五郎の煮売り屋で赤穂藩《あこうはん》の者と約束をしているが、今夜は泊まる」

お琴は嬉しそうに応じて、店に戻っていった。

店からの声を聞きながら横になり、のんびりした左近は、夕方になって迎えに来たかえでに応じて、煮売り屋に足を運んだ。

店に入ると、孫太夫と堀部《ほりべ》安兵衛《やすべえ》が待っていた。

孫太夫と安兵衛が揃《そろ》って深々と頭を下げるものだから、左近は何ごとかという面持ちで歩み寄った。

「お二人とも頭をお上げください。どうされたのです」

孫太夫が、申しわけなさそうに両手を合わせた。

「新見殿、すまぬ。実は先般《せんぱん》、殿が勅使饗応役を拝命されたのだ。それゆえ、殿が貴殿と会うのは、役目が終わってからになってしまった」

西ノ丸を出て以来、公儀のことが耳に入りづらくなっている左近は、浅野内匠頭《あさのたくみのかみ》が拝命したのを初めて知った。

「二度も命じられたか」

左近が思わずつぶやくと、安兵衛は不思議そうな顔をする。

「おぬし、よう知っておるな」

「藩侯に拝謁《はいえつ》するのだから、それぐらいは知っているさ」

左近がごまかすと、孫太夫は嬉しそうな顔をした。

安兵衛は反対に、眉間に皺を寄せている。

「ご公儀は、赤穂藩が金を貯め込んでいるとでも思うておるに違いない。厄介《やっかい》な役目だ」

不平をこぼす安兵衛の袖を引いた孫太夫が、左近を正面の床几《しょうぎ》に促した。

応じて座ると、かえでが酒肴《しゅこう》を持ってきた。

「まずは、一献《いっこん》」

孫太夫の酌《しゃく》を受けた左近は、近頃顔を見なかったがどうしていたのかなど質問をされ、適当にごまかした返答をしながら、酒を酌《く》み交《か》わした。

赤穂藩が饗応役を命じられたのを知らなかった左近は、さぞかし忙しくしているだろうと思い、孫太夫に酒を注ぎながら訊いた。

「勅使饗応役は、何かと物入りで、拝命した藩は支度が大変だと聞いております。お忙しい中わざわざ会いに来てくださり、恐縮です」

「何を言う」

孫太夫が左近の肩をたたいた。

「そなたには、是非とも藩に来てほしいのだ。こうして酒を飲めるのだから、少々の忙しさなどなんでもない。のう、安兵衛」

「そうですとも」

安兵衛は左近にぐっと空けろと言い、ちろりを向けた。先ほどから手酌《てじゃく》で飲んでいた安兵衛は、もう酔いが回っているようだ。

左近に酒を注いでから手酌をした安兵衛は、据わった目を横に向け、

「吉良の奴め」

吐き捨てるようにつぶやくと、憎々しげに続ける。

「殿が贈られた付け届けが少ないなどと、嫌味を言いおって」

「おい安兵衛、口を慎《つつし》め」

孫太夫が止めても、安兵衛の怒りは収まらない。

「左近は同輩になるのですから、知っていていいんですよ。他に客もいませんし。のう左近」

小五郎とかえでは緊張した面持ちになったが、悪い気がしない左近は、安兵衛に酒を注いでやった。

「吉良殿と揉めたのか」

「そうではない。殿はいたって冷静だ。吉良は付け届けが少なかったのを恨《うら》みに思い、赤穂藩に金を使わせようとしておるのだ」

「そもそも、饗応は大金が動くと耳にしているが……」

「ご公儀はこたびの勅使饗応を質素にするようお達しされておるのだ」

「そうだったのか」

そのことも左近は知らなかった。

「では、もう片方の饗応役は、質素にされておるのか」

　安兵衛は左近の目を見てきた。

「伊予吉田藩《いよよしだはん》のことか」

　不機嫌に言われて、左近がうなずく。

　すると安兵衛は、舌打ちをした。

「伊予吉田藩も悪い。そもそもあの者たちがご公儀のご意向を無視して吉良に多額の付け届けをするから、殿が目の敵《かたき》にされたのだ。奴らはそのおかげで、難儀はしておらぬ」

「安兵衛、もうそのへんにしておけ」

　孫太夫が杯《さかずき》を取り上げ、帰るぞと言って腕をつかんで立たせた。

　腹に溜《た》めていた思いを左近に打ち明けたことで満足したのか、安兵衛は素直に応じて、また飲もうと上機嫌で言い、帰っていった。

　孫太夫が左近に詫《わ》び、代金を置いて出ていく。

　見送った左近は、安兵衛の話を聞いて思うことがあった。

　吉良が茶釜の金を集めるために焦り、内匠頭に八つ当たりをしているのではないだろうか。

このまま捨て置いては、勅使饗応という重要な儀式がよからぬ事態になりそうな気がした左近は、綱吉の覚えめでたいのを笠《かさ》に着て、尊大な態度をしがちな吉良の苛立ちを鎮《しず》めるために、茶釜を取り返してやろうと考え、小五郎とかえでにこれまでのことを話したうえで、探索を命じた。

六

小五郎が動いてから二日後、吉良は二千両をやっと集め、用意できたことを知らせる印の赤い布を表門に掲げさせ、受け取りの者が来るのを待った。

現れたのは、前回とは別の子供たちだ。

吉良家の家臣が、その後に指示されていたとおりに、二千両を小分けにした袋を荷車に積み終えると、男児が文を差し出した。

家老の小林が、すぐに開いて目を通す。

金が無事届けば子供たちに茶釜を運ばせる
前と同じ過ちを犯さぬこと

文をにぎりしめた小林は、子供たちに行けと声をかけ、門を閉めさせた。

荷車を引く子供たちのあとを追う吉良家の者は一人もいない。

離れた場所から吉良家を監視していた小五郎は、配下の者に顎を振って散らせ、子供たちを追った。

曲輪内から町に出た子供たちから目を離さず、通りを歩く町人になりきってついていくと、どこからともなく集まった職人風の男たちが、小判が入った袋を持ち去った。その数は十人。

小五郎は、離れた場所にいるかえでに目配せし、配下たちにもあとを追わせる。

細身の男に目をつけた小五郎は、気づかれぬよう追っていく。すると、男は路地から現れた女に袋を渡した。また人が変わったのだ。

「重いね、何が入っているんだい？」

不服そうな女に、男は知らないと答え、

「中を見たのがばれたら命はないぜ」

こう言い置いて走り去った。

どうやら、中身が小判だとは知らず、金で雇われて運んでいるようだ。

どこかに見張る者がいるはず。

小五郎は油断なく目を配り、金の行方を追った。

用心深く四度人を変えて送られた先は、市ヶ谷《いちがや》柳町《やなぎちょう》にある林明寺《りんめいじ》だった。運んだ男が駆け込んだ山門《さんもん》は袋小路《ふくろこうじ》の先にあるため、小五郎は門前の路地を横目に坂道をのぼった。そして四辻《よつじ》を左に曲がり、寺の裏を目指した。

武家屋敷に挟まれた道は人通りがなく、寺の裏手に行った小五郎は、急に目の前が開けて立ち止まった。

武家屋敷の土塀が切れた先から、家が焼け崩れたままになっている。

片づけをしている職人に話を聞くと、つい先日の火事で、このあたりにあった五十軒ほどの町家が焼けたという。

武家屋敷も二軒ほど類焼《るいしょう》したらしく、残っていたのは土塀だけだったのだ。

小五郎は、教えてくれた職人に頭を下げた。

「そうでしたか。どうりで、人通りがないはずです」

「寒い季節に、気の毒なことだ。お前さん、知り合いでもいたのかい。死人は出ていないしよ、みんな林明寺で世話になっているから行ってみな」

思わぬ言葉に、小五郎は笑顔で応じる。

「ありがとうございます。では……」

「待ちな」

「なんでしょう」

「寺は小さくてよう、町の者を受け入れたはいいが、食い物を買う金がなくて困っているらしい。行くんなら、手ぶらじゃないほうがいいぜ」

真顔で言われて、小五郎は己の両手を見た。

「確かにおっしゃるとおり。ちょいと、米を買って行きます」

「それがいいな」

白い歯を見せた職人は、仕事に戻った。

神楽坂《かぐらざか》の米屋で米俵を二つ買い求めた小五郎は、手代に荷車を引かせて林明寺に向かった。

山門を潜《くぐ》ると、焦《こ》げた臭《にお》いが鼻をついた。焼け出された町の者たちが、本堂の前に建てられた掘っ立て小屋に身を寄せているのだが、焼け残っていた物を拾ってきて、寒さを凌《しの》いでいたのだ。

米屋の手代が米俵を運ぶのを見た子供たちが、わっと声をあげて走り寄ってきた。

無邪気な子供たちとは裏腹に、大人たちは、見ず知らずの小五郎に警戒の目を向けている。

煮売り屋の大将よろしく、小五郎が腰を低くして町人たちの前に行き、気の毒そうに声をかけた。

「このたびは、とんだ災難でございましたね。手前は子供の頃に近くの長屋に暮らしておりました者で、火事の噂を聞いてまいりました。米はほんの差し入れでございますから、どうか遠慮なく、お受け取りください」

すると、男たちが寄ってきた。

「ありがたい」

「すまねえな」

口々に礼を言われた小五郎が笑顔で応じていると、本堂から住持《じゅうじ》が出てきた。

勝弦《かつげん》と名乗った住持は痩《や》せており、物腰も柔らかく、金の亡者には程遠い印象だ。

「そなた様のお名前は」

問われて、小五郎は苗字《みょうじ》を省《はぶ》いて名乗った。

「今は、増上寺近くの町で煮売り屋を営んでございます」

「ほうほう、煮売り屋を。わざわざのお運び、皆にかわって礼を申しますぞ。何もありませぬが、茶などいかがか。茶といってもこっちのじゃなく、みんなが飲んでいる粗茶《そちゃ》ですがな」

茶筅《ちゃせん》を使う真似をして笑う勝弦の誘いに応じた小五郎は、本堂に上がった。

本堂にも焼け出された者が集まっており、女子供と、年寄りが身を寄せ合って寒さに耐えていた。

勝弦は家を失った者たちの面倒を見ているのだが、米や着物を与えるだけでなく、長屋を再建する金欲しさに、悪事に手を染めたのだろうか。

小五郎は話を聞くいっぽうで、勝弦に疑いをかけていた。だが、どう見ても悪事に手を染めるようには思えず、確かめずにはいられない。

「ご住職は、この先をどうお考えですか」

勝弦は表情を曇らせた。

「見てのとおり小さな寺で、皆に十分な暮らしをさせてやれませんから、せめて寒さを凌げる長屋が再建されるまではいてもらおうと思い、食べ物が尽きないように、少しずつ分けていたのです。そこへ、小五郎さんの救いがあった。今日だけは、白いおまんまを腹いっぱい食べさせてやれます」

手を合わされて、小五郎は首を横に振った。こちらの様子を探る者がいるのに気づいたのはその時だが、小五郎は素知らぬ顔で、勝弦に微笑む。

「一日も早く元の暮らしに戻れるよう、祈っています。では、手前はこれで。旨い茶をありがとうございました」

「御仏《みほとけ》のご加護がございますぞ。またいつでも、おまいりください」

勝弦の言葉に恐縮した小五郎は、寺から出た。そして日が暮れるのを待ち、探るために忍び込んだ。


怪しげな者たちが集まりひそひそと話をしているのは、境内《けいだい》の裏手にある小さなお堂の中だ。

仏具が置かれ、五人がやっと座れるほどの板の間に、二人の男が膝を突き合わせ、酒を酌み交わしている。一人は、刀を横に置いた浪人。正面に座るのは、武家の小者といった身なりの者だ。そこへ、寺小姓《てらこしょう》が来て、握り飯が盛られた皿を置いた。

浪人がひとつ取り、旨そうに食べながら寺小姓に言う。

「どうだ米吉《よねきち》、この河山恭介《かわやまきょうすけ》の知恵は」

「正直、ここまでうまくいくとは思っていませんでしたから、お見それしました」

「わかればよい」

河山は己の才知に満足したような面持ちで酒を飲み、包みを引き寄せた。

「この天明黒紐は、おれがいただく」

米吉が焦った。

「お待ちください。金が入れば返すという約束です」

「おぬしの弟は、吉良の家来にひどい目に遭《あ》わされて恨んでおるのだろう。その者を貶《おとし》めるために盗んだ茶釜だ。返してしまっては、腹いせができまい。これは、おれが上方で売りさばいてくれる」

「しかし、それでは吉良様の怒りが収まらず、盗んだ者を捜すかもしれません」

「真っ先に怒りを向けられるのは、茶釜を納めていた蔵の管理をまかされている者だ。滝本《たきもと》だったかな、弟をいじめておるのは」

「そうです」

「そ奴が罰せられれば、弟の恨みを晴らせるではないか」

「そうかもしれませんが、弟はそこまでは望んでおりません。どうか、茶釜をお返しください」

「吉良にはわしも恨みがあるのだ。これは、やはりいただいていく。そのかわり、分け前の二百両はいらん」

手伝った男は、二人の話に不安そうな顔をしていたが、たまりかねたように口を挟んだ。

「あのう、ここにあった和尚《おしょう》様の茶釜を吉良様に渡したのですから、その茶釜を置いておいたほうがいいと思うのですが」

河山が馬鹿にしたような顔を向ける。

「心配するな。あの和尚は茶に興味がないのだ。埃《ほこり》を被《かぶ》っていた茶釜がなくなったとて、気づきやしない」

「そうですね」

あっさり引き下がる男を横目に、河山は立ち上がった。

「本物の茶釜がここにありさえしなければ、吉良の手が伸びてもいくらでもごまかせる。おれはこの足で上方に逃げる。心配せず達者に暮らせ」

米吉が止める手を振り払った河山は、逃げるように出ていった。

「米吉さん、ここまで来たら、河山先生のお言葉を信じようじゃないか。手はずどおり明日の朝、金を山門の前に置いておこう。昨日の煮売り屋のご主人は、いい時に来なすったよ。奇特《きとく》な人が置いていったと和尚さんは信じるから、大丈夫」

説得された米吉は、わかったとうなずいて、河山を追うのをやめた。

寺から逃げた河山は、茶釜の包みを見て舌なめずりをした。

「こいつを二千両で売れば、死ぬまで遊んで暮らせる。やっと運が回ってきたぜ」

市ケ谷柳町の坂を内藤新宿《ないとうしんじゅく》に向けて走っていると、目の前に黒い人影が現れ、河山はぎょっとして立ち止まった。

「誰だ」

河山は刀を抜こうとしたが、首を手刀《しゅとう》で打たれ、気を失った。

水をかけられて目を開けた河山は、見知らぬ小屋の中で、身ぐるみ剝がされた己のふんどし姿に目を見張り、動こうとしたが、手足を十字の板に縛られていた。

蠟燭《ろうそく》の明かりの中に、黒装束《くろしょうぞく》の男が立っている。

「だ、誰だ。吉良の手の者か」

覆面で顔を隠した男が歩み寄り、炭火の中から鉄の棒を引き抜いた。

先が赤々と焼けた鉄の棒を目の前に向けられて、河山は息を吞《の》んだ。

「ま、待て。知っていることはすべて言うから、やめてくれ」

拷問《ごうもん》を恐れた河山は、訊かれてもいないのに、これまでの悪事をすべてしゃべった。すると黒装束の男は鉄の棒を投げ捨て、小屋から出ていった。

「おい、どこへ行く。しゃべったんだから放してくれよ。おれは、困っている者たちのためにやったんだ。おい、縄を解いてくれよ」

情けない声を聞きながら覆面を取ったのは、小五郎だ。

控えている配下の者に、河山をそのままにしておくよう命じ、左近のもとへ向かった。

七

話を聞き終えた左近は、目の前に置かれている天明黒紐を手に取った。

河山の話が事実ならば、市ヶ谷柳町で生まれ育った寺小姓の米吉は、貧乏寺の住職勝弦和尚が苦労するのを見て胸を痛めていた時に、吉良の屋敷に奉公している弟の五助《ごすけ》から天明黒紐の話を聞いて、河山たちと相談して盗みを思いついたのだ。

弟の五助は、吉良の家来の一人からひどい扱いを受け、右目が潰れていた。それを米吉は長年恨んでいたため、河山の話に乗った。そして、売り払うために盗ませたのだが、いざ手にしてみると、寺の物置に置きっぱなしになっていた茶釜とよく似ていることに気づいた。

似たような茶釜があると聞いた河山が、二つを見くらべて、これは偶然ではなく、御仏のお導きだと喜んだ。

どういうことかと問う米吉に、

「おれたちが売るだけじゃ、足下《あしもと》を見られて安く買いたたかれるだけだ。もっと金になる手を教えて進ぜよう」

河山はこう述べて知恵を授《さず》け、吉良を脅してまんまと三千両も手に入れたのだ。

左近は茶釜を置き、小五郎に顔を向けた。

「焼け出された町の者を助けるためか、それとも、弟の恨みを晴らすために、茶釜を盗んだのか」

「両方だと、河山は申しておりました」

「弟は、まだ吉良家におるのか」

「はい。姿を消せば、疑いの目を向けられると思うて残っております」

「この茶釜が戻ったとて、吉良殿の怒りは収まるまい。煽りを食うのは、饗応の指南を請《こ》わねばならぬ内匠頭殿だ。茶釜だけでなく、奪った三千両を返させ、穏《おん》便《びん》にすませよう」

小五郎がうつむいた。

「奪った三千両のうち五百両は、焼け出された者たちのために、すでに使《つこ》うてしまったそうです」

「米吉兄弟と、河山は捨て置く。三千両は、民のために使わせてやろう」

小五郎が驚いた顔を上げた。

「まさか、殿が出されるおつもりですか」

「将軍家の血を引く者として、江戸の民を救うと思えばよい。間部、それでよいな」

「はは」

控えていた間部が真顔で応じた。

左近は小五郎に向く。

「茶釜と三千両を、気づかれぬように届けてくれ」

「承知しました。河山は、いかがいたしますか」

「江戸に戻れば命はないと脅して、解放してやれ」

応じた小五郎は、間部と共に左近の前から下がった。

左近はこの時、これで丸く収まるはずだと考えていたのだが、吉良上野介という男は、一筋縄《ひとすじなわ》ではいかなかった。

小五郎の手によって、茶釜と三千両は無事戻った。

吉良は喜んだものの、家老の小林が、誰が置いたかわからぬと告げた途端に不快さを面《おもて》に出し、盗っ人を必ず捜し出せと厳しく命じたのだ。

かねてより、家中の者の仕業と疑っていた小林は、怪しい者がおらぬか、吉良の家来はもちろんのこと、下男下女にいたるまで個別に尋問《じんもん》した。

小林は特に、先の大火を教訓に茶器を保管していた蔵を守る立場にある家来を厳しく調べた。

その最中、五助をいじめていた滝本が、己の身に降りかかる火の粉《こ》を払うために、お前だろうと言って、五助を痛めつけて、白状させようとした。

実際に盗んでいた五助が、兄と寺を守るために口を割るはずもなかった。

己を打ち据える滝本を睨んだ五助は、

「お前が盗むのを見たぞ」

と口走り、日頃の恨みをぶつけた。

怒りが頂点に達した滝本は、同輩が止めるのも聞かず激しく打ち続けたせいで、五助は死んでしまった。

それをたまたま吉良が目撃してしまい、ことは五助の死だけではすまなくなった。

吉良は、五助を打ち殺したそのほうこそが、真の盗っ人に違いないと怒り、切腹を命じたのだ。

吉良の屋敷で何があったか知らぬ左近は、茶釜と三千両が戻り、落ち着いているものと信じて疑わなかった。

そして、茶釜の一件から数日後に町へ出て、お琴の店が閉まるのを待つついでに、小五郎の店に足を運んだ。

「例の御仁は、落ち着いただろうか」

問う左近に、小五郎が客の目を気にして小声で告げる。

「探りましょうか」

「いや、放っておこう」

そう告げて酒を飲んでいると、戸口から新見殿、と声をかけられた。見ると、堀部安兵衛だった。

「大将、一杯頼む」

そう言って前に腰かける安兵衛に、左近は問う。

「どうした。元気がないな」

安兵衛は、恥ずかしそうに笑った。

「そう見えるか」

「見える」

饗応の支度で疲れているのだろうと思った左近は、かえでが持ってきたちろりを受け取り、安兵衛に向けた。

「すまぬ」

酌を受け、ぐっと飲み干した安兵衛は、大きな息を吐いて両肩の力を抜き、目を閉じた。

その顔が辛そうに見えた左近は、小五郎と顔を見合わせ、安兵衛に問う。

「何かあったのか」

「殿が心配でならん」

「藩侯が、いかがされた」

「吉良殿を嫌われて、ことあるごとにぶつかっておられる。殿も短気なところがあるが、吉良殿もいかん。たかが茶器のことで、家来を二人も死なせるとは……」

言ってから、しまったという顔をした安兵衛が、慌てて周りを見た。

店の隅にいた客たちは聞こえていないらしく、世間話で盛り上がっている。

安兵衛は安堵した様子で、左近に小声で告げる。

「今のは、聞かなかったことにしてくれ」

安兵衛は笑ったが、左近は一抹《いちまつ》の不安に駆られていた。

「吉良の家来が二人死んだとは、どういうことだ」

「おぬしはもう身内になるのだからよいか」

安兵衛はそう言って、声を潜めながら話を続けた。

「大切にしていた茶釜を盗んだ家来が、配下の五助という小者に罪を着せようとして拷問し、死なせてしまったのだ。吉良殿は、その家来を盗っ人と決めつけて、切腹させたらしい」

左近は胸の内で、吉良の仕置きに落胆した。

「捨て置けばよいものを」

「うむ？」

問う顔を向ける安兵衛に、左近は首を横に振った。

「その話を、吉良殿に教えを請わねばならぬ藩侯の耳に入れる必要があるのかと思うたまで。今は大事な時期でもあろう」

「そこよ」

安兵衛は膝を打ち鳴らして続ける。

「教えた者の悪意を感じるだろう。殿は、たかが茶器で家来を死なせるとは愚《おろ》かだとおっしゃり、ますます吉良殿と反《そ》りが合わなくなった。そのせいで支度も思うように進まず、近頃はあまり眠られておらぬのだ。わしは殿が心配で、飯が喉《のど》を通らぬ」

酒を飲み、胃《い》の腑《ふ》のあたりを押さえて顔をしかめる安兵衛に、左近はもう飲むなと言った。

「空腹に酒は毒だぞ」

「わかっているが、今日は暇《ひま》をいただいたから、飲みに来たのだ。おぬしと話したら、腹が空いてきた。大将、旨い煮物を食べさせてくれ」

小五郎は明るく応じて、湯気が上がる皿を置いた。

蓮根《れんこん》を口に運んだ安兵衛が、酒で流して左近に告げる。

「その饗応役も、もう少しの辛抱《しんぼう》で終わる。偉そうな吉良と顔を合わせなくなれば、殿も気分が落ち着かれるだろう。そうなればいよいよ、おぬしはわしと身内になるな。今から楽しみだ」

嬉しそうな顔をする安兵衛も、饗応の支度には欠かせぬ赤穂の重臣。大事な時に、つまらぬことで腹を立たせたくなかった左近は、役目が終わればすべてを明かそうと決め、今日は黙って酒に付き合うことにした。

別れ際に、安兵衛は近々また会おうと言って、白い歯を見せた。

機嫌よく帰る後ろ姿を見ていた左近は、茶釜のために命を落とした二人を想い、胸を痛めた。


穏やかに日が過ぎてゆき、江戸では桜が咲きはじめていた。

元禄《げんろく》十四年（一七〇一）三月十四日。

この日は、勅使が京に帰る前に将軍綱吉が江戸城に招き、白書院《しろしょいん》で奉答《ほうとう》することになっていたため、左近も朝から登城していた。

控えの間で待っていた左近のもとに、血相を変えた又兵衛が駆け込んできた。

「慌てていかがした」

問う左近に、又兵衛は片膝をついて、悔しさをにじませた面持ちで告げた。

「一大事にござる。つい先ほど、浅野内匠頭殿が松の廊下にて、刃傷《にんじょう》に及ばれました。お相手は、吉良上野介殿です」

「何……」

驚いた左近の脳裏《のうり》に浮かんだのは、煮売り屋で安兵衛から聞いた言葉だ。

安兵衛は、内匠頭の危うさを心配していたに違いなかった。

「しまった……」

思わずつぶやいた左近は、綱吉が激高《げきこう》するのを恐れて諫《いさ》めに行こうとしたが、小姓が廊下に現れ、頭を下げた。

「どなたも部屋から出ぬようにとの、上様のお達しにございます」

「上様に申し上げたき儀がある。そこをどけ」

「ご容赦《ようしゃ》を」

二人の小姓に阻《はば》まれ、左近は座敷を出ることができなかった。

「又兵衛、内匠頭と上野介は生きておるのか」

「脇差を抜かれたのは内匠頭殿のみです。吉良殿は額《ひたい》と背中を斬られたようですが、生死はわかりませぬ」

左近はまずいと思った。勅使がいる時に、こともあろうに殿中《でんちゅう》で刀を抜くとは、正気の沙汰《さた》ではない。

よほど腹に据えかねたのであろうが、

「内匠頭、何ゆえこらえなかった」

左近は、拳《こぶし》をにぎりしめた。

安兵衛から内匠頭の危うさを聞いておきながら、この事態を予想しなかったことを悔《く》やんだのだ。

又兵衛が小姓に詰め寄った。

「これ、甲州様まで閉じ込めるとは何ごとか」

小姓は真顔で応じる。

「しばしのご辛抱を」

「内匠頭殿はどうなった」

「わかりませぬ」

又兵衛は苛立ち、廊下の先を見ている。

左近は腰を下ろし、静かに次の知らせが来るのを待った。

下城の沙汰が来たのは、一刻（約二時間）が過ぎようとした時だ。

又兵衛が知らせた小姓にどうなったか問うと、小姓は神妙に答えた。

「吉良上野介殿は、命に別状はございませぬ」

「内匠頭殿は」

又兵衛の問いに、小姓はうつむき気味になり、声音《こわね》低く伝えた。

左近は耳を疑った。

「今、即日切腹と申したか」

「はい」

左近は、急ぎ上様に目通りを願うと告げて下がらせた。

許しが出たのは、程なくのことだ。

綱吉は、中奥《なかおく》御殿の御座《ござ》の間《ま》で待っていた。

柳沢保明《やなぎさわやすあき》の姿はなく、綱吉と二人きりで膝を突き合わせた左近は、両手をついて訴えた。

「上様、内匠頭殿が刃傷に及んだわけを、お教えください」

「わけを問うても言わぬそうじゃ」

「ならば、即日切腹はお考えなおしください。吉良殿にも非があったならば、酌《しゃく》量《りょう》の余地があるやもしれませぬ」

綱吉は話を聞かぬとばかりに、横を向いた。

「いかなるわけがあろうとも、殿中で刃物を抜き、上野介を殺《あや》めんとした内匠頭を許すことはできぬ」

「ならば、上野介殿にも切腹を命じるべきです」

「黙れ」

綱吉は左近を睨んだ。

「西ノ丸を出た者が口を挟むでない。下がれ」

「上様……」

「下がれと申しておる」

憤《いきどお》りをぶつける綱吉の決意を変えるのは、難しいように思えた。

小姓に左右を固められた左近は、それ以上の口出しを許されず、やむなく引き下がった。

表門まで見送られた左近は、どうすることもできぬまま大手門《おおてもん》へくだった。待っていた駕籠《かご》に乗り、桜田の屋敷に戻る時に、悲痛な叫び声が聞こえてきた。

駕籠の戸を開けた左近が目にしたのは、城に向かって突っ伏す赤穂藩士たちの姿だ。

内匠頭はまだ、城中のどこかに囚《とら》われているのだ。

天明黒紐が盗まれていなければ、吉良上野介の苛立ちが内匠頭に向けられることもなく、このような事態にならなかったのではないだろうかと左近は思った。

絶望の淵《ふち》に突き落とされた赤穂藩士たちの姿を目の当《ま》たりにした左近は、奥田孫太夫と堀部安兵衛を捜したが、どこにも姿は見当たらなかった。

剣術について語り合い、左近が赤穂藩士になるのを楽しみにしていた二人の顔を瞼《まぶた》の裏に浮かべ、胸を痛めながらきつく目を閉じた。

「さぞ、無念であろう」

己が将軍だったならば。

ふと、腹の底に芽生《めば》えた思いを断《た》ち切るべく、左近はかぶりを振った。

第四話　悪い噂《うわさ》

一

江戸はつつじが咲き、汗ばむ陽気になっていた。しかし日が暮れてしまうと急に寒くなり、身体を温めようとした客たちが小五郎の店に駆け込んできた。

夕方から板場の前に陣取《じんど》っている左近は、客たちの会話に黙って耳を傾《かたむ》けていた。話の内容のせいか、今日の酒はやけに苦く感じる。

酔った職人風の四人が話題にしているのは、七日前に主家を失った赤穂藩の者たちのことだ。

浅野内匠頭が切腹して以来、江戸市中では早くも悪い噂《うわさ》が広まっていた。

赤穂の旧臣たちが公儀の沙汰《さた》を不服とし、亡きあるじの無念を晴らすために、吉良上野介の首を狙っているという話で持ちきりなのだ。

たった今も、若い職人が興奮気味に声音《こわね》を大きくした。

「吉良の殿様と浅野の殿様は、ようは喧嘩《けんか》をしたってことだよな」

　飲み仲間の一人が応じる。

「おうよ。八丁堀《はっちょうぼり》の旦那がそうおっしゃっていたから、間違いねえやな」

「納得できねえな。おいらが喧嘩をした時は、両方同罪だと言われてよ、相手とおんなじように罰を受けたっていうのに、なんで浅野の殿様だけ切腹して、吉良の殿様はお咎《とが》めなしなんだい」

「八丁堀の旦那は、そこんところは口を濁《にご》される。あの顔は、おめえとおんなじで納得されていないようだったがな」

　別の仲間が口を開く。

「決まってるだろ。浅野家は外様《とざま》、吉良家は譜代《ふだい》の旗本のうえに高家《こうけ》というご身分だからだよ。うちの親方も、よそから来た者より江戸っ子を可愛がっているぜ。それとおんなじだあな」

「おいらが聞いた話は違うな。吉良様は公方《くぼう》様のご母堂《ぼどう》様と仲がいいから助かったって話だぜ」

「なんでもいいけどよ、赤穂の浪人は、ほんとにやると思うか。おれは、やるほうに百文だ」

「お、受けて立とうじゃねえか。おいらはやらないほうに賭《か》ける」

やるやらないの賭けがはじまったのを不快に感じた左近は、店を出た。

お琴の家に行くと、夕餉《ゆうげ》の支度ができていた。

左近が来ていると知った権八が喜んで上がり、菜の花の辛子和《からしあ》えを肴《さかな》に酒を酌《く》み交《か》わした。

「左近の旦那、もうやってらしたので」

「うむ。小五郎の店で少しな」

「それじゃ、ちょうど調子が出てきた頃ですね。もう一杯」

酌《しゃく》を受けた左近が返杯《へんぱい》すると、権八は嬉しそうに飲み干した。

「ああ、旨《うま》い」

肴に箸《はし》をつけた権八が、左近に向く。

「今はどこに行っても、赤穂藩の話題ばかりですよ。赤穂の殿様は、どうして喧嘩なんかしちまったんですかね」

するとおよねが出汁巻《だしま》き玉子《たまご》を持ってきて、権八に言う。

「お前さん、左近様は知ってらしても言えるわけないんだから、困らせたらだめだよう」

首をすくめる権八に、左近が問う。

「町では、赤穂の者が仇討《あだう》ちをする噂が飛び交っているのか」

「ええ、そりゃもう朝から晩まで、手が空いてても空いてなくても、口を開けば仇討ちの話ばかりです。みんな、赤穂の殿様とご家来衆が可哀そうだと思ってますからね。しょうがないですよ……」

その先を言うのを遠慮する権八に、左近は酒をすすめた。

お琴が来たところで、四人揃《そろ》って食事をはじめた。権八が出汁巻き玉子を一口食べ、ため息を漏らす。

およねが箸を止めて権八に顔を向ける。

「なんだいため息なんかついて。おかみさんに失礼だろう」

「味じゃねえよ。玉子を見て思い出しちまったんだ」

「何をだい？」

「生きた物を売るのがご法度《はっと》になる前によ、普請《ふしん》が終わった祝いに、鶏《にわとり》を目の前でさばいて焼いて食わせてもらったことがあるんだ。あれは旨かったなあ。あの味は忘れられない」

「その話は何度も聞いたよう。そうやって嘆《なげ》いてもしょうがないだろう。明日は鯛《たい》の煮付けにしてあげるから、元気出して食べなよ」

「鯛の煮付けもいいが、そろそろ活《い》き造《づく》りが食いてぇなあ。ねえ、左近の旦那」

いつぞやの万庵と同じ目を向けられた左近は、苦笑いをした。

「将軍になれとは言うなよ」

「岩倉《いわくら》の旦那が、赤穂のことだって、左近の旦那が公方様だったら……」

「お前さん！」

およねに腕を引かれて、権八は口を閉じた。

左近が察して告げる。

「おれが将軍であったならば、浅野内匠頭殿を生かしたとでも申したか」

「いえ、そうじゃなくて……」

「お前さんてば、いくら左近様がお優しいからって、そんなこと言ったらいけないよ」

「およね、構わぬ。権八、遠慮なく言ってくれ」

権八は酒を喉《のど》に流して、居住まいを正した。

「町の者たちはやっぱり、吉良様をご公儀のほう、浅野の殿様を庶民のほうと考えているんです」

権八の言葉は、左近の胸に突き刺さった。公儀に対する民の不満が、赤穂の浪人が吉良を討つという悪しき噂の根源なのだ。

小さな波が、やがて大波になるのではないかと案じずにはいられない左近は、翌日、大川を渡って新井白石を訪ねた。

「そろそろ、まいられると思うておりました」

白石は迎えるなり、目を細めてこう述べた。

膝《ひざ》を突き合わせた左近が、巷《ちまた》に広がる噂について問うと、白石は厳しい面持《おもも》ちで応じる。

「権八が申すとおり、町の民は、浅野家に対するご公儀の沙汰を片落ちと考え、武家と民の身分違いに対する理不尽《りふじん》を、己の身に重ねたのではないでしょうか。生類憐みの令では、ご公儀は民を容赦《ようしゃ》なく罰する。されどこたびは、喧嘩両成敗の法を、ご公儀が破った。外様を罰し、譜代を守る。これはよろしくない」

「つまり、悪しき噂は、民の怒りの声だと申すか」

白石は顎《あご》を引いた。

「そう考えてもよろしいかと」

「どうすれば、止められる」

「今からでも、吉良殿に同等の罰を与えるしかないでしょう」

左近はため息をついた。

「言上《ごんじょう》したところで、上様が応じられるとは思えぬ」

白石は慌《あわ》てた。

「殿が言上されてはなりませぬ」

「何ゆえじゃ」

「殿は民の味方。そこをようわかっておられる上様に物申せば、逆鱗《げきりん》に触れて、何をされるかわかりませぬ」

「だがこのままでは、よからぬことが起きそうな気がしてならぬ」

「上様とて、ようわかっておられましょう。今頃は、お悩みのはず。ここは、そっとしておくのがよろしゅうございましょう」

「内匠頭殿を切腹させたことを、後悔されておると言うのか」

「それは、ご本人にしかわかりませぬ。されど、民の声は届いておりましょうから、ここは一歩引いて、静観したほうがよろしいかと」

「そなたらしくもない、ずいぶん控えめな意見だな」

「仇討ちの噂は、もはや江戸市中で大きなうねりとなってございます。綱吉公と柳沢殿がこれにどう対応するか。さして吟味《ぎんみ》もせず、大名を即日切腹させるなど暴挙に他なりませぬ。将軍ともあろう者が、後先考えず感情のままに動いた結果がどうなるか、身をもって思い知ればよいのです」

静かに語る白石だが、腹の底に煮えたぎる怒りを感じた左近は、悪い方向に進むような気がしてならなかった。

口には出さなかったが、何よりも赤穂の浪人たち、中でも特に親しい二人のことを心配したのだ。

二

吉良家の家老として、なんとしてもあるじを守りたい小林平八郎は、上野介の実子の綱憲《つなのり》が藩主となっている米沢藩上杉家《よねざわはんうえすぎ》の屋敷の門をたたき、江戸家老色部《いろべ》安長《やすなが》に面会した。

いささか迷惑そうな色部に対し、小林はこう切り出した。

「江戸市中では、殿があたかも悪人のように言われておりますが、刀を抜かず、一方的に襲われたのですから、喧嘩両成敗などもってのほか」

「では、何ゆえお役御免の願いを出された。悪くないなら、堂々としておられればよかろう」

「不本意ながら、そうせざるを得なかったのです。ご公儀は、江戸市中の声を気にしすぎなのです」

悪しき噂について熱く語る小林に対し、色部は不機嫌な様子で言葉数が少なく、向ける眼差しは冷ややかだ。

「ようは、助っ人をよこせ、そう申されたいのか」

長い話を断《た》ち切るような物言いをされた小林は、居住まいを正して畳に両手をついた。

「お隣だった蜂須賀《はちすか》家から、怪《あや》しい者がうろついているという知らせがございました。奴らがその気ならば、狙われる側が不利。ここは、先手を打つしかありませぬ」

「赤穂の浪人を斬ると申すか」

鋭い目を向けられて、小林はうなずいた。

「噂の元を断たねば、殿が枕を高《たこ》うして眠れませぬ」

「蜂須賀家の者は、噂に惑わされて人影が怪しく見えたのではないか。浅野には、弟の大学《だいがく》がおる。かの者の謹慎《きんしん》が解けておらぬ今、赤穂の浪人どもが曲輪内《くるわうち》の屋敷に攻め込むなどと、大それた真似《まね》をするとは思えぬ。お家再興も、考えておるだろうからな」

　小林は両手を膝に戻して背筋を伸ばし、相手を見据《みす》えた。

「色部殿ともあろうお方が、甘いですな。勅使《ちょくし》の前で大恥《おおはじ》をかかされた上様の怒りは未《いま》だ収まっておらぬと聞きます。浅野のお家再興など、あり得ませぬ。国家老の大石内蔵助《おおいしくらのすけ》は優《すぐ》れた人物だと申します。国許《くにもと》で籠城《ろうじょう》して世の目を引きつけているあいだに、江戸在住の者どもが動く腹かと」

　顔色を変えぬ色部に、小林は続ける。

「家老の安井彦右衛門《やすいひこえもん》は、赤穂藩の上屋敷を退去したのちは近くの築地《つきじ》南飯田町《みなみいいだまち》に移り、上席家老の藤井宗茂《ふじいむねしげ》をはじめとする、元重臣らと離れず暮らしております。温厚な藤井ではなく、安井が先頭に立って、仇討ちをくわだてているに違いありませぬ」

　色部は、小林に鋭い目を向けて問う。

「その奴らに、刺客を向けると申すか」

「いかにも」

　小林はふたたび両手をついた。

「されど当家の者は、赤穂の浪人どもに警戒されておりまする。本日は、腕の立つ者をお貸しいただきたく、お願いに上がりました」

色部は腕組みをして目をつむり、黙考《もっこう》した。

「我が殿をお救いするのは、実子であらせられます綱憲侯の御《おん》ためでもあります。何とぞ、お力添えのほどを」

小林の懇願《こんがん》に、色部は目を開け、引き結んでいた口元をゆるめた。

「もとより殿は、上野介様をお守りするために人を遣《つか》わすご意向であった。近いうちに選《え》りすぐりを行かせるゆえ、好きに使われよ。ただし、我が殿に火の粉《こ》が降りかからぬように」

「はは。しかと肝《きも》に銘《めい》じまする」

色部のもとを辞した小林は、廊下を歩むうちに表情を一変させ、

「忌々《いまいま》しい赤穂の者どもめ」

目つき鋭く、内匠頭のもとへ送ってやると吐き捨てるようにつぶやいて、屋敷に帰っていった。

堀部安兵衛が、ふらりと立ち寄ったふうに、岩城《いわき》道場に顔を出した。

見所《けんぞ》に座して、激しい稽古《けいこ》をする門人《もんじん》たちを見守っていた泰徳《やすのり》は、師範代にあとをまかせて安兵衛を奥に誘った。

松の廊下の事件が起きてから初めて会う泰徳は、あいさつもそこそこに、心配していた気持ちをぶつけた。

「今日も門人たちは、仇討ちの話ばかりしていた。実際はどうなのだ。あるじの無念を晴らすのか」

安兵衛は笑った。

その穏やかさが、泰徳は妙に引っかかった。

「やるのか」

「まさか。奥方（のちの瑤泉院《ようぜんいん》）様が殿の弟君《おとうとぎみ》を立ててお家再興を願われておるゆえ、仇討ちどころか、闇討ちすらさせぬ」

「まことか」

「うむ。仇討ちの噂には、我らも迷惑をしておるのだ」

「藩邸を公儀に明け渡した今は、どこに身を寄せているのだ」

「心配するな。ちゃんと食べて眠っている」

笑いごとではないはずなのに、安兵衛はまた笑う。

泰徳は腹の底を探ろうとしたが、表情からはうかがい知ることができない。そこで、こう持ちかけた。

「久しぶりに、手合わせをするか」

「そのつもりでお邪魔した」

泰徳は道場に戻って稽古を止めると、木刀を持って安兵衛のそばに行き、差し出した。

受け取った安兵衛が、ひと振りして道場の中央に進み出る。

対峙《たいじ》した泰徳は、安兵衛と木刀の先を交差させるなり、気合をかけて打ちかかった。

見物している門人たちは、泰徳と安兵衛の激しさに身を乗り出し、息を殺して見入っている。

四半刻《しはんとき》（約三十分）ほど汗を流した泰徳は、安兵衛を酒に誘った。

「いやあ、今日は久しぶりに、いい稽古ができた」

酒に酔い、気分がよさそうに安兵衛は言うと、泰徳に頭を下げて帰っていった。

泰徳は、またいつでも来てくれと声をかけたものの、気分が落ち着かなかった。

どうにも気になった泰徳は、夕暮れ時の町を走って桜田に向かった。

間部から泰徳の来訪を聞いた左近は、夕餉の箸を置いて表御殿に渡った。

書院の間で待っていた泰徳に、

「ここに入るのは初めてだな」

そう告げながら前に行き、膝を突き合わせた。

泰徳の顔色を見た左近は、笑みを消した。

「何かあったのか」

泰徳は真顔で応じる。

「今日、堀部安兵衛殿が来たのだ。おれは思い切って、噂の真相を問うてみた」

気になっていた左近は、泰徳の目を見た。

「なんと申していた」

「内匠頭殿の奥方がお家再興を願われておられるから、仇討ちなどせぬと笑っておった。そこでおぬしに確かめに来たのだ。浅野家再興の話があるのか」

「初耳だ」

「では、ないのか」

「おれにはどちらとも言えぬ。ただ、又兵衛から聞いておるのは、上様はもっぱら、赤穂城の動きを気にしておられるそうだ」

「戦《いくさ》になるのか」

「まだわからぬ。国家老の大石内蔵助という男は、又兵衛に言わせると、食えぬ人物らしい。安兵衛殿の様子はどうだ。他に何か言っていたか」

「いたって穏やかだが、それは話をしている時だけだった。いざ立ち合えば、太刀筋《たちすじ》は今までとは別人のように鋭く、殺気まで感じた。おれは、あれが本音だと見て、いても立ってもおられずここに来たのだ。おぬしの力で、お家再興を叶《かな》えられぬか」

左近は目を下げた。

「今のおれに、それはできぬ」

「もしも国許で戦になれば、安兵衛殿は吉良の首を取るかもしれぬぞ。あの太刀筋は、無言の答えに違いないのだ」

「おれが会って確かめよう。今どこで暮らしているか知っているなら教えてくれ」

「訊《き》いたが、うまくはぐらかされた」

いつになく焦《あせ》っている泰徳の様子に、左近は奥田孫太夫と安兵衛を案じる気持ちがますます募《つの》った。

「こちらで捜してみるが、また道場に顔を出したら、引き止めて知らせてくれ」

「わかった」

話を終えると、泰徳は急いで帰っていった。


泰徳が歩いていた町の通りをひとつはずれた路地を、安兵衛が歩いている。二人ともそれに気づいていない。

先ほどまで家老の安井彦右衛門と話をしていた安兵衛の顔には、苛立《いらだ》ちが浮かんでいる。飯屋の角を左に曲がった安兵衛は、大川に向けて歩いている泰徳の後ろを通り過ぎた。

双方とも出会うことなく離れていく。

安兵衛は、急いで向かった家の前で路地に人がいないのを確かめ、戸をたたいておれだと告げて中に入った。

住人と何を話したのか、半刻（約一時間）後に出てきた安兵衛の顔は、気概に満ちていた。

路地から出た安兵衛は走りはじめたのだが、歯を食いしばり、目には涙がにじんでいた。

三

翌日、赤穂藩の元上席家老の藤井宗茂は、己の家来を一人連れて出かけた。内匠頭の弟、浅野大学を訪ねるためだ。

家からさほど遠くない木挽町《こびきちょう》に、大学の屋敷がある。

内匠頭を喪《うしな》った日から眠れぬ夜を過ごしている藤井は、目の下にくまを作り、苦悩に満ちた面持ちで歩んでいる。商家の角を曲がった時、目の端に怪しい人影を捉《とら》えた。跡をつける者がいると気づいた藤井は、足を速める。

離されまいと追いついた家来の腕を引いて道を変えた藤井は、

「走れ」

こう告げて道を急ぎ、路地に駆け込んだ。

「旦那様、いかがされました」

「しっ」

人一人がやっと通れるぐらいの狭くて暗い路地に身を潜《ひそ》めていると、日が当たる通りを横切ったのは町人の男だ。町女が続き、一瞬だけ見ていた二本差しの曲者《くせもの》は来ない。

昨日、安兵衛の来訪を受けていた藤井は、家来に振り向く。

「安兵衛が吉良の刺客に気をつけろと言ったのは、大げさな話ではなかったようだ」

「刺客がいたのですか」

驚いた家来は、刀に手をかけて通りへ出ていこうとした。

「待て」

腕をつかんだ藤井は、路地を奥へと進む。

「大学様を訪ねるのは日を改める」

「承知しました」

家来は広いところで先に立ち、刺客を警戒して藤井を導いた。

人目につかぬ路地を選んで進み、南飯田町の隣町まで戻ったところで、二人はようやく一息ついた。

「刺客は、大学様を訪ねる我らを狙うつもりだ」

「悪い噂のせいで、とんだことになりました」

「吉良を討つ気がないと世に知らしめる方法を考えねばならぬ。戻って皆と相談しよう」

藤井が海辺の道に出て歩もうとした時、別の路地から曲者が現れた。

藤井は思わず、しまったと声に出した。人気《ひとけ》のない道を選んだのが間違いだったのだ。

ぼろをまとって、まるで幽鬼《ゆうき》のごとき容姿の刺客は、血走った目が異様な光を帯《お》びている。

藤井が手のひらを向けて告げる。

「待て、戻って吉良殿に伝えよ。我らは仇討ちなどたくらんでおらぬ。悪い噂に惑わされて斬り合いをすれば、町の者が喜ぶだけだぞ」

曲者は、鯉口《こいぐち》を切って答えとした。

家来が藤井の前に出て抜刀《ばっとう》する。

「旦那様、お逃げください」

曲者が抜刀するのを見た藤井は、舌打ちをした。

「愚か者《おろもの》め」

刀を抜いて家来と共に受けて立つ藤井に対し、曲者は刀を右手に提《さ》げたまま間合いを詰める。

「おのれ！」

家来が気合をかけて、袈裟懸《けさが》けに斬り下ろす。

曲者は右手を振るって打ち払った。

一撃を弾《はじ》かれた家来は、目を見張って下がり、正眼《せいがん》に構えて藤井を守った。

刀を両手でにぎり、右足を出して低く構える曲者は、垂れたざんばら髪のあいだから鋭い目を光らせている。

にたり、と笑ったように見えた刹那《せつな》、突風のごとく迫った。

家来が打ち下ろす刃《やいば》をかわしたかと思えば、刀を一閃《いっせん》する。

「うわっ」

手首を押さえて顔を歪《ゆが》める家来に、藤井が叫ぶ。

「下がれ！」

腕をつかんでどかせた藤井は、曲者と対峙して正眼に構えた。

藤井の背後にある路地から、男女が出てきた。

家来が血を流しているのを見た女が悲鳴をあげ、男が叫ぶ。

「斬り合いだ！　誰か！　斬り合いだぞ！」

曲者は油断なく下がり、きびすを返して走り去った。

藤井が家来に駆け寄る。

「どこを斬られた」

「申しわけありません」

「いいから見せてみろ」

家来は手を引いた。

「ご心配には及びませぬ。ほんのかすり傷です」

それでも手を取った藤井は、浅手《あさで》に安堵《あんど》し、己の手拭《てぬぐ》いを巻いてやった。

「痛むか」

「いえ。しかし、恐ろしいほどの遣《つか》い手《て》でした」

「うむ」

藤井は、怯《おび》えた顔をしている男女に頭を下げた。

「おかげで命拾いをした」

男女は首を横に振り、逃げるように去っていった。

見送った藤井は、己の手が震えているのに気づいて袴《はかま》をつかみ、家路についた。

「当分家から出ぬほうがいい。皆にもそう伝えねば」

声も震えている藤井は、家に帰ると戸締まりをさせ、奥の部屋に籠《こ》もった。

安兵衛と孫太夫が藤井を訪ねたのは、翌日だ。

孫太夫が、迎えた家来の手に晒《さらし》が巻かれているのを見て告げる。

「襲われたと聞いて来た。藤井殿は無事か」

「はい」

安兵衛が問う。

「刺客の顔を見たか」

「長い髪が邪魔で、はっきりわかりませんでした」

「藤井殿はおられるか」

「奥で、安井様とお話をされています」

「ちょうどいい。繫《つな》いでくれ」

応じた家来によって奥の部屋に通された安兵衛と孫太夫は、膝を突き合わせていた二人の元家老に座して頭を下げ、藤井に怪我《けが》がないのを確かめて安堵した。

孫太夫が藤井に問う。

「相手をどう見ましたか」

藤井は渋い顔で応じた。

「宮仕《みやづか》えをしている者とは思えない」

すると安兵衛が口を挟んだ。

「襲ったのは吉良の刺客に違いありませぬぞ。仇討ちの噂に踊らされて、先手を打ったのです。このまま黙っておっては、殿が浮かばれませぬ。今こそ立ち上がり、殿のご無念を晴らすべきかと存じます」

藤井は怯えた顔を向けて返事をしない。

安井は、落ち着いた様子で安兵衛に言う。

「おぬしは口を開けばそう申すが、こたびの件は、吉良の仕業《しわざ》だという証《あかし》がないのだぞ」

「いいや、吉良に違いありませぬ」

「黙れ」

安井が怒気《どき》をぶつけた。

「たとえそうであったとしても、藤井殿が襲われたのは悪い噂のせいだ。その噂にしても、おぬしらが妙な動きをしておるから広まったのであろう」

これには孫太夫が反論した。

「吉良がお咎めなしなのは不服に思うておりましたが、仇討ちの噂は町の者たちが勝手に立てたものです」

「そのとおりです」

安兵衛が賛同するも、安井は不機嫌に告げる。

「とにかく、我らは仇討ちをするつもりはない。町の者が勝手に立てた噂だと申すなら、おぬしらが黙らせろ。そうすれば、刺客に狙われることもなくなろうし、何より、今のままではお家再興の妨《さまた》げになる」

安兵衛が歯がゆそうな顔をした。

「そんな悠長《ゆうちょう》なことをおっしゃっている場合ですか。また狙われますぞ」

藤井が応じる。

「こたびは、わしが油断したのだ。次からは、人気が多い道を選ぶ。おぬしらも、せいぜい気をつけろ」

孫太夫は、怯えきった様子の藤井に厳しい目を向けている。

安兵衛は安井の目を見据えながら口を開いた。

「江戸にいる赤穂藩の者たちを集めてください」

「今はならぬ」

「なぜです。このままでは、また誰かが襲われますぞ」

「国許がどう動くかわからぬ今は、我らの勝手にはできぬ」

「殿のご無念をお忘れか」

安井は怒気を浮かべたが、すぐに落ち着きを取り戻して告げる。

「藤井殿を襲うたのが吉良の手の者という証もないのだ。今はこらえてくれ」

安兵衛は悔しそうに畳を拳《こぶし》で打ち、外へ出ていった。


その翌日、元赤穂藩大目付の早川宗助《はやかわそうすけ》が、藤井の見舞いに行った帰りに狙われた。

目の前に現れたのは、藤井から聞いていたとおりの姿の曲者だ。

剣の腕に覚えがある早川は、曲者に鋭い目を向けて刀の鯉口を切った。

「吉良の手の者か」

「…………」

月明かりの中で、曲者は亡霊のように立っている。

早川の横で対峙していた同輩が、刀の柄《つか》に手をかけて怒鳴った。

「答えよ！」

だが曲者は、無言で迫ってきた。

早川は同輩と同時に抜刀し、息を合わせて曲者に斬りかかった。

曲者は恐るべき太刀さばきで両者の刃を弾き、あいだを突き抜ける。

呻《うめ》いたのは早川の同輩だ。右足を斬られていた。

「下がれ！」

叫んだ早川が同輩を守って立ち、曲者と対峙する。

脇構《わきがま》えの早川に対し、曲者は正眼の構えで間合いを詰める。

早川は気合をかけて斬りかかったが、曲者は袈裟《けさぎ》斬りをかわしざまに太刀を打ち下ろした。

早川は右肩を斬られ、顔を歪めて下がった。

「おのれ！」

傷の痛みよりも怒りが勝《まさ》った早川は、怒鳴って斬りかかる。だが、曲者は一撃をかわして太刀を振るい、早川の刀を打ち落とした。

眉間《みけん》で切っ先をぴたりと止められた早川は、目を見開いて息を呑《の》み、身動きができなくなった。

片手で太刀を向ける曲者は、顔にざんばら髪を垂らしている。その奥にある目を見た早川は、死の恐怖に襲われた。

「ま、待て、斬るな」

「おのれ！」

叫んだ同輩が、曲者の背後から斬りかかった。

曲者は振り向きざまに刀を弾き飛ばし、相手の腹に膝蹴りを食らわせた。

呻いて倒れる同輩を見ても、早川は動けない。

曲者は、恐怖に顔を引きつらせている早川に対し、

「赤穂の者は骨があるかと思うたが、どうやら、斬る価値もない腰抜けばかりのようだ」

そう吐き捨てると、悠然《ゆうぜん》と去っていった。

命拾いした早川は、胸を押さえて安堵の息を吐き、這《は》うようにして同輩に近づき、起こしてやった。

「大丈夫か」

同輩は腹を押さえて苦しんでいたが、眉間に皺《しわ》を寄せた顔で顎を引いた。

「早川こそ、怪我は」

「わしも浅手だ。どうやら、殺す気はないようだ」

「吉良の脅《おど》しだろうか」

「わからぬ」

「腰抜けと、言われてしもうたな」

悔しがる同輩に、早川は何も言えず、曲者が去った通りに顔を向けた。今になって傷の痛みを感じ、舌打ちをした。

四

赤穂藩の元家老や重臣が何者かに襲われたのを左近が知ったのは、小五郎からの報告によってだ。煮売り屋に来た客が噂話をしていたのが耳に入り、事実を確かめたのだ。

左近は孫太夫と安兵衛ではなかったので安堵したものの、赤穂の浪人たちを案じて町に出た。

鉄砲洲《てっぽうず》の上屋敷と赤坂《あかさか》の下屋敷を公儀に接収されたのち、孫太夫と安兵衛がどこで暮らしているのか知らなかった左近は、元家老ならば知っているのではないかと思い、南飯田町へ足を運んだ。

城に上がることがあった家老と直《じか》に話したことはないが、顔を覚えられていないとも限らないため会うことはせず、小五郎に探りを入れさせた。南飯田町のどこかに孫太夫たちがいるなら、すぐにでも会って住まいを変えるようすすめるつもりだ。

調べに走る小五郎を待つあいだ、付近の町を歩いて怪しい者が潜んでいないか探っていた時、薄暗い路地の先から人の怒鳴り声が聞こえてきた。

ただならぬ様子に、左近は走った。

狭い路地を抜けると、人気《ひとけ》がない夕暮れ時の堀端で二対一の斬り合いがなされていた。

髪を振り乱し、悪鬼《あっき》のごとき容姿の曲者と向き合っている二人のうち一人は、安兵衛だった。もう一人は斬られたらしく、腕を血で染めながらも刀を構えている。

同輩を守る安兵衛は刺客と激しく刀をぶつけ合ったが、一枚上手《うわて》の相手に胸を蹴られて板塀に背中をぶつけ、頭上に迫る刃をかわして横に転じた。

塀の板に当たる寸前で刃を止めた刺客が、安兵衛に向けて一閃する。

刀で受け止めた安兵衛だったが、足を蹴られて倒れた。

仰向《あおむ》けになる安兵衛を見下ろした刺客が、刀を振り上げた時、左近が投げ打った小柄《こづか》に気づいてかわした。

板塀に突き刺さる小柄を睨《にら》んだ刺客が、助けに来る左近を見るなり走り去った。

左近は、付かず離れず守っていた小五郎の配下に顎を引いてあとを追わせ、安兵衛に歩み寄って手を差し出した。

驚いた顔をした安兵衛が、素直に手をつかむ。

立たせた左近に、安兵衛は刺客が逃げたほうを見ながら告げる。

「恐ろしい剣の遣い手だ。どうしてここにいる」

「赤穂藩の家老たちが襲われたと聞いて、おぬしの住まいを訊きに来たのだ」

「そうか」

安兵衛は、腕を斬られた同輩を心配した。

「傷はどうだ」

「浅手ゆえ大丈夫だ」

「吉良め」

怒りを露《あら》わに口汚く罵《ののし》った安兵衛は、同輩の血止めを終えて左近に向く。

「おかげで助かった」

頭を下げられた左近は問う。

「町に広まっている仇討ちの噂は、ほんとうか」

すると安兵衛は、頭をかいた。

「あれは、誤解から出た噂だ」

「どういうことだ」

安兵衛は表情を一変させて、涙ぐんだ。

「奥方様が鉄砲洲の上屋敷を出られる時、殿が本懐《ほんかい》を遂《と》げられたのか問われたのだが、誰も答えられなかった。吉良の生死が、我らには伝えられなかったからだ。奥田殿ともう一人を誘って吉良の生死を確かめに呉服橋の屋敷に行ったところ、それがしの顔を知っていた吉良の家来が騒いだのだ」

左近はうなずいた。それでなくとも、かの高田馬場《たかたのばば》の決闘で名が知られている安兵衛だけに、吉良の家来は仇討ちに来たと思い込んだのだ。それが噂のはじまりだった。

「まことに、仇討ちを考えてはおらぬのだな」

念押しする左近に、安兵衛は憤《いきどお》りを隠さない。

「その気はなかった。だが、命を狙うなら受けて立つ」

「おれもやる」

怒る同輩に、安兵衛はうなずいた。

吉良の首を取れば、安兵衛たちの命はない。

誰も死なせたくない左近は、二人を説得した。

「安兵衛殿、刺客の正体はおれが突き止める。それまでは辛抱《しんぼう》してくれ」

「おぬしは何もするな。これは、浅野家と吉良家の戦いだ」

安兵衛は背中を向けた。

左近は同輩を一瞥《いちべつ》し、安兵衛に声をかける。

「せめて、どこに暮らしているのか教えてくれ」

「また、煮売り屋で会うこともあるだろう」

「安兵衛殿……」

左近は引き止めようとしたが、安兵衛は振り向かず右手を挙げて、行ってしまった。

同輩が頭を下げ、安兵衛を追ってゆく。

左近は安兵衛を追わず、安井らが集まって暮らしている南飯田町に自ら足を運んだ。

小五郎が戻ったのは、海辺の道を歩いている時だ。

「煮売り屋の者だと告げて安井殿に問いましたが、奥田殿と堀部殿の住まいは知らぬと言われました」

「安兵衛殿と、今そこで会った。刺客に襲われていたのだ」

小五郎は驚いた。

「ご無事で」

「うむ。刺客には逃げられたが、久蔵《きゅうぞう》が追っている」

小五郎はうなずいた。

「安兵衛殿は、どこにお住まいですか」

「問うたが、小五郎の店でまた会おうと言ってはぐらかされた。このままでは吉良を襲うかもしれぬ。それを止めるためには、刺客をなんとかせねばなるまい」

「久蔵ならば、突き止めてくれましょう」

「屋敷で久蔵を待とう」

左近は小五郎と共に桜田の屋敷に帰った。

久蔵が奥御殿の庭に現れたのは、夜も更《ふ》けた頃だった。

左近の前から逃げた刺客は、女と二人で暮らしているという。

その家は、木挽町の浅野大学の屋敷近くにあり、女が何者かまでは、まだわかっていなかった。

久蔵は勝手をせず、報告と指示を仰《あお》ぎに戻ったのだ。

左近は久蔵をねぎらい、小五郎に調べるよう命じた。

五

徳川綱豊の監視がついたとは思いもしない刺客、田越一松《たごしいちまつ》は、一夜明けた早朝に女の家から出かけた。

その姿はまるで別人で、頭は町人髷《ちょうにんまげ》に整え、着物も地味な紺《こん》の単《ひとえ》に、黒い帯を合わせている。

刀も持たず足早に通りを行く男の背後には、小五郎が抜かりなくついている。

一松は浅野大学の屋敷の前を通り過ぎ、武家屋敷のあいだの道を海側に歩いていき、築地本願寺《つきじほんがんじ》に入った。

朝から参詣《さんけい》に来ている者たちの邪魔にならないように境内《けいだい》を急ぎ、出店を覆《おお》っていた葦簀《よしず》を取りにかかる。

一松は、境内の一角で念珠《ねんじゅ》や線香、土産物《みやげもの》を売る店をまかされて、日銭を稼いでいるのだ。

さっそく線香を求める客に白い歯を見せて愛想《あいそ》をする一松を横目に、小五郎は本堂に行き、手を合わせた。その横に並んだかえでが、

「どういうことでしょうか」

戸惑う顔を向けてきた。

「金で雇われているに違いない。雇い主が誰かわかるまで、抜かりなく見張れ」

「はい」

小五郎は配下と手分けして、監視を続けた。

一日の仕事を終えた一松は、寄り道をせず家に帰った。

表の戸を開けると、出汁のいい匂いがした。一松は誘われるように、土間を歩んで奥の台所に向かい、竈《かまど》の前に立つ女の後ろ姿に目を細める。

「おそよ、今帰ったよ」

「あ、お帰りなさい。もうすぐできますから」

お玉を持ったまま振り向いた明るい顔に、一松は微笑《ほほえ》みながら歩み寄る。

「今日はなんだい？」

「雉《きじ》のお肉をいただきましたから、鍋《なべ》にしました」

「あのお方からか」

「はい」

「そうか。ありがたくいただこう」

一松は井戸端に行き、顔と足を洗った。

二人で鍋をつつきながら、一松はおそよの顔を見た。目を合わせたおそよが微笑み、雉の肉を取って器《うつわ》に入れてくれる。

優しいおそよは、一松が今していることを知りながらもいっさい口出しをしないが、出かければ、どんなに遅くなろうと起きて待っている。

「今日で、お前と暮らして一年になるか」

一松が覚えていたので嬉しそうな顔をしたおそよは、箸を置いて目を合わせてきた。

「あの時助けてくださらなければ、わたしは今頃、どこかに売られていました」

悪い男に騙《だま》され、人買いに売られたおそよは、隙《すき》を見て逃げ出したのだ。

一松は、追われていたおそよを助けるために、人買いを斬り殺した。

初めて人を斬ったが、後悔などしていない一松は、己の手を見つめた。

「お前とこうしていられるのは、あのお方のおかげだ。いつも人から蔑《さげす》まれ、痛めつけられてばかりのおれに目をかけ、ここまで強くしてくださったから、あの時助けることができた」

「今もこうして、気にかけてくださいますし、ほんとうに優しいお方です」

らないか」

「もう少しで、その恩を返せる。うまくいけば、二人で上方に行って、夫婦にな

「はい」

「およそ」

おそよは驚いたような顔をして、目から涙をこぼした。

「わたしのような女で、よろしいのですか」

「お前しか考えられないから言っているんだ。一緒になってくれるかい」

おそよは嬉しいと言って、泣きながら笑った。

一松はおそよを抱き寄せ、安堵の息を吐く。

「よかった。断られたらどうしようかと思っていたんだ。今日はどこにも行かないから、上方に行った時のことをゆっくり話そう」

おそよは一松の首に抱きつき、自ら唇《くちびる》を重ねた。

家の明かりが消えるのを見ていた小五郎は、そばにいるかえでに告げる。

「ほんとうに、あの者が刺客だろうか」

「二人しか暮らしていないようですから、間違いないかと」

仲睦《なかむつ》まじい、どこにでもいそうな町の男女にしか見えない小五郎は、久蔵が家を間違えるはずもないと思いなおし、見張りを続けた。

翌日も一日張りついたが、一松は警戒しているのか、それとも言いつけに従っているのか、雇い主と思《おぼ》しき吉良家にはいっさい近づかなかった。

築地本願寺の店で繋ぎを取っているのかと疑った小五郎は、配下に命じて見張りを厳しくしたが、怪しい動きはなかった。

その一松が動いたのは、三日目の夜だった。例の刺客の身なりで家を出たのだ。

左近から、雇い主を突き止めるよう厳命されていた小五郎は、配下の者にいっさいの手出しを禁じている。

この日張りついていた小五郎の配下は、夜道を歩く一松を見失わぬ程度に距離を空けてあとに続いていた。

一松が向かったのは、浅野大学の屋敷だ。物陰に潜み、裏門を見張っている。

そして、裏門から出てきた二人組のあとを追い、人気がない場所で襲いかかった。

恐るべき剣さばきで二人に傷を負わせた一松は、

「赤穂者は、とんだ腰抜けだ」

と、あざ笑って走り去った。

久蔵から報告を受けた小五郎は、翌朝から張りついた。

すると一松は、いつもの刻限に出かけ、築地本願寺に向かった。

小五郎はこの時、一人の町人の後ろ姿に目をとめた。毎日同じ男が、一松の前を歩いていることに気づいたのだ。

一松は決まった刻限に出かけて、同じ刻限に帰ってくる。

夕方にその男はいないが、朝は必ずいるため、勤め先に行く刻限が同じなのだろうとも考えた小五郎は、興味をなくして、一松の背中を追った。

そしてその翌日、一松はいつもの刻限になっても家から出なかったのだが、昼過ぎになって、ぼろをまとい、ざんばら髪を垂らした二本差しが家の裏から出てきた。

表を見張っていた小五郎は、配下の知らせを受けてあとを追った。今日は白《はく》昼《ちゅう》に襲う気だと思いつつ目を離さずにいたのだが、一松の前を歩く町人の後ろ姿に気づき、眉間に皺を寄せた。毎朝一緒になっている、あの男だったからだ。

小五郎は背後に合図を出し、すぐさま横に並んだ久蔵に、顔を向けることなく小声で告げる。

「お前は刺客を見張れ」

「承知」

久蔵も小五郎を見ることなく小声で応じ、離れていった。

小五郎が町人から目を離さずあとを追うと、男は途中で通りを変えて行った先で、物陰に潜んだ。町人が見ている先で三人組の浪人者が襲われ、浅手を負わされた。

「赤穂の者は、腰抜けばかりよ」

捨て台詞《ぜりふ》を吐いて刺客が逃げると、様子を見ていた町人は、その場から走り去った。

雇い主側の者に違いないと判断した小五郎は、町人のあとを追って走った。

やがて木挽町に近づいた町人は、しきりにあたりを警戒しはじめた。その面構《つらがま》えは厳しく、ただの町人とは思えない。

「武家か」

そうつぶやいた小五郎は、次に襲わせる赤穂の浪人の動きを探るに違いないと思い、油断なく跡をつける。

「おお、煮売り屋の大将じゃないか」

聞き覚えのある声に、小五郎は振り向いた。

「これは、堀部様」

腰を折る小五郎に、無紋《むもん》の小袖《こそで》に袴を着けた安兵衛が白い歯を見せて歩み寄った。

「こんなところで会うとは、縁があるな。ひょっとして、新見殿を手伝って我らのために刺客を捜していたのか」

「たいして力にはなれませんが、堀部様が襲われたと聞きましたもので」

小五郎は町人を気にした。通りを歩んでいる町人は、後ろを振り向くことなく辻《つじ》を左に曲がって見えなくなった。

「大将、気持ちは嬉しいが、危ないからやめてくれ」

遠くで争う声がしたのは、その時だ。

路地の向こうから響いてきた怒号《どごう》を耳にした小五郎が、すぐさま安兵衛に告げる。

「また、赤穂のお方が襲われたのではないですか」

安兵衛は表情を険しくした。

「そうかもしれぬ」

声がしたほうに走る安兵衛に小五郎も続く。

路地を抜けて広い通りに出てみると、武家屋敷から出てきた数人の男たちが、通りの先を見ている。

何があったのか声をかけた安兵衛に、若い侍が答えた。

「ここを歩いていた三人組に、ぼろをまとった曲者が斬りかかったのだ。我らを見て曲者が去り、三人組は追っていった」

小五郎が安兵衛に告げる。

「もしや、赤穂のお方を狙う刺客では」

「おれも今そう思っていた」

応じた安兵衛は、侍が向こうだと教えてくれた通りへ走った。

小五郎もあとに続いた。すると、武家屋敷の角から三人組が出てきた。

「おい！」

安兵衛に声をかけられた三人組が、走り寄ってきた。

「堀部殿、我らを襲った刺客を追いましたが、逃げられてしまいました」

一番若そうな一人に言われて、安兵衛は怪我を心配した。

三人とも幸い無傷だったものの、怒りを抑《おさ》えられぬ様子で安兵衛を囲んだ。そして、共にいた小五郎に怪訝《けげん》そうな顔を向けてきた。

「この人はおれの知り合いだ」

安兵衛が言うと、三人は小五郎を気にせず思いをぶつけた。

「もう我慢なりません」

「奴は吉良の手の者に決まっております」

「さよう。やられる前に、斬り込みましょう」

安兵衛は人目を気にして、三人を通りの端へ寄らせた。そして、小五郎に言う。

「大将、頼みがある」

「なんでしょう」

「新見殿に、五日後の暮《く》れ六《む》つ（午後六時頃）に大将の店で会いたいと伝えてくれ。二人で酒を飲みたいのだ」

穏やかな表情で告げる安兵衛に、小五郎は黙って応じた。

「承知しました」

「五日後だ。頼んだぞ」

安兵衛は念を押すと、若い三人を連れてその場を立ち去った。

六

戻った小五郎から話を聞いた左近は、安兵衛の気持ちを考えた。

共に聞いていた又兵衛が口を開く。

「堀部殿は、ただ酒を飲みたいだけでしょうか。まさか、殿の腕を見込んで、吉良殿を討つ助太刀《すけだち》を頼むつもりではござるまいか」

「あの安兵衛殿に限って、それはないだろう。どうも、別れの酒のように思えてならぬが、小五郎はどう思うた」

「若い藩士たちを抑える時の顔つきが穏やかで、かえって気になりました」

「何かを決心したに違いない」

小五郎がうなずき、又兵衛が不安そうな顔を左近に向けた。

「何かとは、まさか、仇討ちですか」

「内匠頭殿は、さぞ無念であったろう。安兵衛殿と奥田殿は忠臣であったゆえ、刺客が吉良家から向けられたならば、怒りを抑えられまい」

そこへ、一松の動きを探っていた久蔵が現れた。小五郎の背後で片膝をついて頭を下げ、左近に告げる。

「一松は、家に戻りましてございます」

「吉良家の者と接触はなかったか」

「ございませぬ。ただ、今日も行商人《ぎょうしょうにん》が家に来て、食べ物を届けたようです。手の者がその行商人を追いましたが、怪しいところはなかったと申します」

左近は解《げ》せなかった。

「一松は、どうやって赤穂の者たちの居場所を知っておるのだ」

その疑問には小五郎が答えた。

「一松の家の近くに怪しい者がおりますので、調べてみます」

又兵衛が左近に向く。

「刺客に襲われた者は、いずれも浅手ですんでおりますから、吉良殿は、ただ脅しているだけではないでしょうか」

「吉良殿は油断ならぬ御仁《ごじん》だ。浅手を負わされた者がどう動くか見ておるのやもしれぬ。又兵衛が吉良殿の立場ならば、次の手をどう打つ」

又兵衛は即答した。

「傷を負わされた者たちが仇討ちを望むならば、大将を立てようとするはず。それが誰か突き止め、先手を打ちます」

左近はうなずき、小五郎に顔を向けた。

「安兵衛殿も、それを警戒しておるに違いない。小五郎の前に安兵衛殿が現れたのは、偶然ではない気がする。刺客を討つべく動いていたとしか思えぬゆえ、次に一松が赤穂の者たちを襲うたら捕らえよ」

「承知しました」

小五郎は応じて下がろうとしたが、気が変わった左近が立ち上がった。

「やはり余《よ》もまいる。案内いたせ」

又兵衛が驚き、尻を浮かせた。

「殿、吉良と浅野の争いに首を突っ込まれてはなりませぬ。ここは、小五郎殿におまかせくだされ」

「余は、友を死なせとうないのだ」

必ず安兵衛が狙われると思っている左近は、座ってなどいられなかった。

築地本願寺の仕事を昨日で辞《や》めていた一松は、鶏の声で起きようとしたおそよの腕を引いて止めた。

「今日は昼までゆっくりできるから、もう少し眠ってくれ」

おそよは素直に応じて、胸に頬《ほお》を寄せた。

背中を抱いた一松は、そのままもうひと眠りし、朝と昼を兼ねた食事を二人でとり、支度にかかった。

わざと穴を開けた小袖に腕を通し、皺だらけの袴を着けた一松は、おそよが作ってくれたざんばら髪のかつらを被《かぶ》った。

刀を渡してくれたおそよに、一松は微笑む。

「うまくいけば、今日で終わる。支度ができ次第、上方に行こう」

おそよは嬉しそうな顔で応じ、一松を見送った。

裏から路地に出た一松は、人目をはばかって歩みを進めた。向かう先は、南飯田町だ。

狙うは、安井彦右衛門。

赤穂の者と出くわせば、刺客と見て襲ってくるかもしれぬが、一松は望むところとばかりに、南飯田町に入ると人目を避けなくなった。

ぼろの着物で刀を隠して歩く一松に対し、町の者たちは恐ろしいものを見るような眼差しを向け、おなごたちは目を合わさぬようにしながら小走りでゆく。

大胆にも、安井の家の前を通り過ぎた一松は、空を見上げた。浅野大学の屋敷に頻繁に出入りしている安井は、昼を過ぎて出かけるはず。一松は、物陰で待ち伏せした。

　安井が供を一人連れて出てきたのは、四半刻が過ぎた頃だ。

　あたりに目を配った一松は、抜かりなく跡をつける。安井が通る道を把握《はあく》している一松は、先回りをするべく通りをひとつ変えて走り、目星をつけていた場所に潜んだ。

　安井は供の者と話しながら、堀端の道に曲がってきた。

　物陰から見ていた一松は、安井たちが近づいたところで目の前に出るつもりでいる。

　これが最後と自分に言い聞かせながら、刀を隠しているぼろ衣《ぎぬ》を払いのけた時、

「おのれ！」

　通りから争う声が聞こえた。

　見ると、安井と供の者が三人組を相手に、刀を抜いて対峙していた。

「吉良の手の者か！」

　供の者が叫んだが、覆面で顔を隠している三人組は答えず、一人が斬りかかった。

供の者は刀を受け止め、安井に、お逃げくださいと叫んだ。

安井は応じず、供の者を助けるべく刀を向けるものの、別の曲者に斬りかかられ、慌てて弾き上げた。

その安井に斬りかかった三人目の一刀を横手から受け止めたのは、一松だ。

一松は刀を横に一閃して曲者を下がらせ、安井を襲っていた曲者に斬りかかった。

下がってかわした曲者に切っ先を向けた一松は、左から斬りかかってきた曲者の刀を受け流して肩を斬ろうとしたが、相手は身を引いてかわした。

安井は、ぼろをまといざんばら髪を垂らしている一松も、刺客の一人と見なして、斬りかかってきた。

一松は刀を受け止め、押し返しながら叫ぶ。

「逃げろ！」

思わぬ言葉に、安井ははっとして下がった。そこへ曲者が迫る。

不意を突かれた安井だったが、一松が咄嗟《とっさ》にかばい、背中を斬られた。

身を挺《てい》して助けられたことで、ようやく安井は一松を味方と見なし、今度は守って三人と対峙した。

供の者が一松を下がらせて安井と一緒に闘ったのだが、数で勝る曲者に押されて、安井は刀を弾き落とされた。

供の者も腕を斬られ、逃げ場を失った。三人とも死を覚悟しつつ、安井は脇差を向けている。

「やれ」

曲者の一人が命じ、応じた二人がとどめを刺すべく前に出た時、道を走ってくる者に気づいて顔を向けた。

助けに入ったのは左近だ。

覆面の曲者が左近に刀を振り上げて打ち下ろす。

一足飛《いっそくと》びに懐《ふところ》に飛び込んだ左近は、葵一刀流抜刀術《あおいいっとうりゅうばっとうじゅつ》で胴を払った。

仲間が一撃で倒されたのを見た二人が目を丸くし、左近に刀を向けた。

「ええい！」

裂帛《れっぱく》の気合をかけて迫る曲者が、左近の胸めがけて突きを繰り出す。

鋭い突き技を見切ってかわす左近。

すると曲者は、右手のみで刀を一閃してきた。

跳びすさってかわした左近は、左右に分かれる曲者を見据え、正眼に構える。

右は八双《はっそう》の構え、左は脇構えで、息を合わせて間合いを詰めてくる。

右が拝《おが》み打ちに襲いかかり、左は胴を狙って鋭く一閃した。

頭上に迫る刃を引いてかわした左近は、胴を斬らんとする一撃を安綱で受け止めると同時に押し返し、刀を振り上げて袈裟斬りしようとした相手に安綱を打ち下ろした。そして、背後で刀を振り上げた曲者の胴を、振り向きざまに一閃する。

二人の曲者は呻き声もなく、刀を持ったまま倒れた。

葵一刀流の剛剣を目の当《ま》たりにした安井は、驚きを隠せぬ様子で左近を見てきた。

「そこもとは、まさか……」

「新見左近です」

安井は表情を明るくした。

「奥田孫太夫から聞いたとおりの、凄腕《すごうで》だ。おかげで助かった」

頭を下げる安井に、左近は真顔で応じる。

「新手が来ると面倒ですから、お帰りください」

「しかし……」

「あとはわたしにおまかせを。さ、急いで」

左近に応じた安井は、この礼は改めてすると言い、供の者と去っていった。

左近は倒れている一松のそばに行き、首に手を当てて脈があるのを確かめた。

「小五郎」

声に応じて現れた小五郎に、一松を藩邸に運ぶよう命じた。そして問う。

「かえでは」

「例の町人を追わせております」

小五郎が目をつけていた町人が、安井が襲われるのを物陰から見ていたのだ。

「お前様、目をさましてください」

おそよの声で意識を取り戻した一松は、夢だと気づき頭をもたげようとして、背中の激痛に呻いた。

うつ伏せに寝かされている布団は、今まで見たこともない厚みだ。目の前には、着ていたはずのぼろが畳《たた》まれ、かつらが置かれている。うつ伏せのまま、見える範囲に目を走らせた。畳は真新しく、閉め切られている襖《ふすま》と障子は幅広で、天井が高い。

一松は、安井が浅野大学の屋敷に担《かつ》ぎ込んだに違いないと思い、しくじった、とつぶやいて顔を布団に沈めた。

足下《あしもと》に人の気配がするので見ようとしたが、首を動かすと傷が痛み、顔を向けられない。目の端にようやく捉えたのは、見知らぬ女だった。立ち上がった女が厳しい眼差しで見下ろし、外障子に向かう。

「待ってくれ」

声をかけたが応じず、廊下に出ていった。

間を空けず来たのは、鬢《びん》に白髪が交《ま》じっている武家の男だ。

一松は起きようとしたが、どうにも痛くて動けない。

「せっかく血が止まったのだ。そのままでよい」

止めた男が向ける眼差しは、腹の底を見透《みす》かすような目力《めぢから》を帯びており、偽《いつわ》りを述べても通じそうにない。

一松は問われる前に、口を開いた。

「お助けくださり、かたじけのうございます」

すると男は、首を横に振った。

「助けたのはわしではない。殿じゃ」

「殿様……」

一松は動揺した。安井が頼んだのかと思ったからだ。

男は眉間の皺を深くした。

「おぬし、殿に助けられたのを覚えておらぬのか」

「不覚にも気を失ったものですから。どなた様が、お助けくださったのですか」

「甲州様じゃ」

思わぬ人物の名を告げられて、一松は絶句した。

「では、ここは……」

「さよう。甲州様のお屋敷じゃ」

「…………」

一松は思いを伝えようとしたが、言葉にならず顔を背《そむ》けると、男が口を開いた。

「わしは家老の、篠田又兵衛という者じゃ。そのほうは、田越一松に相違《そうい》ないか」

「どうして、わたしの名をご存じなのですか」

「甲州様に知らぬことはない。それより、先ほどは何を言いかけたのだ」

やはりこの男にかかっては、嘘《うそ》もごまかしも通じない。

そう思った一松だったが、首を横に振った。

すると又兵衛は、待っておれ、と告げて部屋から出ていった。

何かを隠しているようだと又兵衛に言われた左近は、自ら問うべく、一松のもとに向かった。

七

廊下で一松を見張っていた小五郎が、中に向かって声をかけ、左近に頭を下げて告げた。

「先ほどかえでが戻りました。あの場から立ち去った町人は、元赤穂藩の者と接触したそうです」

「やはりそうか」

応じた左近が部屋に入ると、一松はうつ伏せのまま神妙な顔を向けた。

「お助けくださり、かたじけのうございます」

「気にせずともよい」

そう声をかけて正座した左近は、意志の強そうな面構えを見据えて問う。

「安井殿を襲うた刺客は、そのほうの仲間か」

「違います。おそらく、吉良の手の者かと」

「あれが真の刺客とするならば、そなたのこれまでの所業は、吉良の仕業と見せかけ、赤穂藩の者に仇討ちを決意させるためか」

一松は瞼《まぶた》をきつく閉じて、顎を引いた。

「誰に頼まれた」

「大恩あるお方のために動きました。ただ今は、後悔しています」

一松の涙を見た左近は、酒を飲みたいと伝えてきた安兵衛の顔が目に浮かび、問わずにはいられない。

「そなたの恩人とは、堀部安兵衛殿か」

「…………」

「安兵衛殿の指図だと疑われぬよう、わざと斬り合《お》うたのだな」

「…………」

一松は目を開けず、苦悶《くもん》に満ちた顔をしている。

無言は認めたも同じだと思った左近は、それ以上は問わずに、ゆっくり傷を癒《い》やせと告げて部屋をあとにした。

小五郎に安兵衛を連れてくるよう命じたが、どこに潜んでしまったか、かえでが調べていた赤穂の者すらも見つけることができなかった。

一日千秋《いちじつせんしゅう》の思いでいた左近は、約束の日に小五郎の店に行き、安兵衛を待った。

ところが、現れたのは安兵衛ではなく、かえでが追っていた、例の町人に化けた男だった。

かえでからそう告げられた左近は、正面の長床几《ながしょうぎ》をすすめて座るよう促《うなが》したが、男は立ったまま頭を下げた。

「安兵衛殿から、これを渡すよう頼まれました」

差し出された文《ふみ》を手にした左近は、その場で開いた。

一松は我らのために動いてくれた者ゆえ　許してやってほしい
左近殿と同輩になれなかったのは　奥田殿共々　残念でならぬ
会って別れの杯《さかずき》を交わせなかったのは心残りだが　自分のことは忘れてくれ

読み終えた左近は、一松の一連の動きは、内匠頭の仇討ちを迷う者たちを奮《ふる》い立たせるためのものだと気づき、男を見据えた。

「そなたの名を教えてくれ」

男は伏し目がちに応じた。

「不破数右衛門《ふわかずえもん》と申します」

「不破殿、安兵衛殿は、内匠頭殿が腹を召された時から、仇討ちをする意志を固めていたのか」

不破は答えず、穏やかな顔で頭を下げた。

「確かに、文をお届けしました」

「待て。安兵衛殿に会わせてくれ」

立ち去りかけた足を止めた不破は、顔を向けずに告げる。

「今朝早く、江戸を離れました」

不破を追って表に出た左近は、安兵衛は赤穂に行ったのかと声をかけようとして、言葉を呑み込んだ。不破の後ろ姿が、関わりを拒《こば》んでいるように見えたからだ。

赤穂城の明け渡しがはっきりしていないのを又兵衛から聞いていた左近は、友と思うている安兵衛と、熱心に誘ってくれた孫太夫の顔が目に浮かび、手にしていた文をにぎりしめた。

ぽつりと額《ひたい》に落ちた雨粒は、やがて驟雨《しゅうう》になった。

この作品は双葉文庫のために書き下ろされました。

双葉文庫

さ-38-21

新《しん》・浪人若《ろうにんわか》さま 新見左近《にいみさこん》【十一】

不吉《ふきつ》な茶釜《ちゃがま》

2022年8月7日　第1刷発行

【著者】
佐々木裕一《ささきゆういち》

【発行者】
箕浦克史
【発行所】
株式会社双葉社
〒162-8540 東京都新宿区東五軒町3番28号
［電話］03-5261-4818(営業部)　03-5261-4868(編集部)
www.futabasha.co.jp(双葉社の書籍・コミックが買えます)
【印刷所】
中央精版印刷株式会社
【製本所】
中央精版印刷株式会社

【フォーマット・デザイン】
日下潤一

ISBN978-4-575-67122-3 C0193
Printed in Japan

佐々木裕一

不穏な影

新・浪人若さま 新見左近【一】長編時代小説

〈書き下ろし〉

浪人姿に身をやつし市中に繰り出し悪を討つ。その男の正体は、のちの名将軍徳川家宣——。大人気時代小説シリーズ、双葉文庫で新登場！

佐々木裕一

亀の仇討ち

新・浪人若さま 新見左近【二】長編時代小説

〈書き下ろし〉

権八夫婦の暮らす長屋に仇討ちの若い兄妹が転がり込んでくる。仇を捜す兄に助力を申し出た左近だが、相手は左近もよく知る人物だった。

佐々木裕一

夫婦剣《めおとけん》

新・浪人若さま 新見左近【三】長編時代小説

〈書き下ろし〉

米問屋ばかりを狙う辻斬りが頻発する中、小五郎の煮売り屋を訪れるようになった中年の旅の夫婦。二人はある固い決意を胸に秘めていた。

佐々木裕一

桜田の悪

新・浪人若さま 新見左近【四】長編時代小説

〈書き下ろし〉

闇将軍との死闘で岩倉が深手を負った。小五郎たちの必死の探索もむなしく焦りを募らせる左近をよそに闇将軍は新たな計画を進めていた。

佐々木裕一

贋作小判《がんさくこばん》

新・浪人若さま 新見左近【五】長編時代小説

〈書き下ろし〉

改鋳された小判にまつわる不穏な噂と偽小判の存在を知った左近。市中の混乱が憂慮されるなか、老侍と下男が襲われている場に出くわす。

佐々木裕一
新・浪人若さま 新見左近【六】長編時代小説
恨みの剣
〈書き下ろし〉

同じ姓の武家ばかりを狙う辻斬りが現れた。下手人は説得に応じず問答無用で斬り捨てるという。冷酷な刃の裏に潜む真実に、左近が迫る！

佐々木裕一
新・浪人若さま 新見左近【七】長編時代小説
宴《うたげ》の代償
〈書き下ろし〉

出世をめぐる幕閣内での激しい対立。政への悪影響を案じる左近だが、己自身をも巻き込む大騒動に発展していく。大人気シリーズ第七弾！

佐々木裕一
新・浪人若さま 新見左近【八】長編時代小説
鬼のお犬様
〈書き下ろし〉

お犬見廻り組の頭に幼い息子を殺された御家人が、西ノ丸大手門前で抗議の自刃を遂げた。胸を痛めた左近は、真相を調べようとするのだが。

佐々木裕一
新・浪人若さま 新見左近【九】長編時代小説
無念の一太刀《ひとたち》
〈書き下ろし〉

勅額火事から一年。町の復興が進む中、大火の折に武家の娘が攫われたとの噂を耳にした左近。さっそく近侍四人衆に探索を命じるのだが。

佐々木裕一
新・浪人若さま 新見左近【十】長編時代小説
嗣縁《しえん》の禍《わざわい》
〈書き下ろし〉

将軍綱吉には隠し子がいた⁉ 思わぬ噂を耳にし、これで西ノ丸から解放されるとばかりに喜ぶ左近だが、何者かによる襲撃を受けて——。

佐々木裕一
浪人若さま 新見左近 決定版【一】
闇の剣
長編時代小説

浪人姿で町へ出て許せぬ悪を成敗す。この男の正体はのちの名将軍徳川家宣。剣戟、恋、人情、そして勧善懲悪。傑作王道シリーズ決定版！

佐々木裕一
浪人若さま 新見左近 決定版【二】
雷神斬り
長編時代小説

仇討ちの旅に出た弟子を捜しに江戸に来たという剣術道場のあるじと知り合った左近。事情を聞き、本懐を遂げさせるべく動くのだが——。

佐々木裕一
浪人若さま 新見左近 決定版【三】
おてんば姫の恋
長編時代小説

左近暗殺をくわだてる黒幕の正体がついに明らかに!? そして左近を討ち果たすべく、最強の敵が姿を現す！ 傑作シリーズ決定版第三弾!!

佐々木裕一
浪人若さま 新見左近 決定版【四】
将軍の死
長編時代小説

信頼していた大老酒井雅楽頭の裏切り、慕っていた将軍家綱の死。失意の左近に、最大の危機が迫る！ 人気時代シリーズ決定版第四弾!!

佐々木裕一
浪人若さま 新見左近 決定版【五】
陽炎の宿《しゅく》
長編時代小説

国許の民から訴状が届いた。甲府の村の領民が苛政に苦しんでいると知った左近は極秘でお国入りを果たす。人気シリーズ決定版第五弾!!